David Walliams

大衛・威廉幽默成長小說

鼠來堡

Ratburger

大衛・威廉 著 東尼・羅斯 繪
謝雅文 譯

晨星出版

填寫線上回函，
立即獲得50元購書金

蘋果文庫 132

鼠來堡

Ratburger

作者 | 大衛．威廉（David Walliams）
繪者 | 東尼．羅斯（Tony Ross）
譯者 | 謝雅文

責任編輯 | 呂曉婕、謝宜眞　文字校對 | 呂曉婕、謝宜眞
封面設計 | 鐘文君　美術編輯 | 黃偵瑜

負責人 | 陳銘民
發行所 | 晨星出版有限公司、台中市407工業區30路1號
TEL：（04）23595820 FAX：（04）23550581
E-mail:service@morningstar.com.tw
http://www.morningstar.com.tw
行政院新聞局局版台業字第2500號
法律顧問 | 陳思成律師

讀者服務專線 | TEL：（02）23672044 /（04）23595819#230
讀者傳眞專線 | FAX：（02）23635741 /（04）23595493
讀者專用信箱 | service@morningstar.com.tw
網路書店 | http://www.morningstar.com.tw
郵政劃撥 | 15060393（知己圖書股份有限公司）

印刷 | 上好印刷股份有限公司

出版日期 | 2020 年 5 月 20 日
再版日期 | 2021 年 8 月 31 日（二刷）
定價 | 新台幣 320 元
ISBN 978-986-443-984-3
CIP 873.59 / 109001700

Originally published in English by HarperCollins Children's Books.
RATBURGER

謝辭：

我想藉此機會依照優先次序，表達對以下人士的感謝：

我在哈潑科林斯（HarperCollins）的老闆：安珍妮·穆塔夫（Ann-Janine Murtagh）。我對妳敬愛又崇拜。非常感謝妳對我那麼有信心，更重要的是，謝謝妳做妳自己。

我的編輯尼克·雷克（Nick Lake）。你也知道，在我心目中你是業界第一。我對你萬分感激，謝謝你不只教我怎麼成爲一位作家，也教我許多做人的道理。

我的經紀人保羅·史蒂芬（Paul Stevens）。我何其有幸請你當代理人，否則你只是撥幾通電話而已，我哪甘願就這樣付你10%的佣金外加增值稅？

東尼・羅斯（Tony Ross）。你是我們在預算內付得起的最有才華插畫家。謝謝你。

設計師詹姆士・史蒂芬（James Stevens）和艾洛林・葛蘭（Elorine Grant）。謝謝兩位。

編審莉莉・摩根（Lily Morgan）。感謝。

宣傳部經理珊姆・懷特（Sam White）。宣傳部總監潔拉兒汀・史特勞（Geraldine Stroud）。謝啦。

拉吉，一個塊頭很大的書報攤老闆
鬼夫校長，就是校長
米姬老師，一位身材矮小的老師
田娜·多刺，地方上的小霸王
薑汁餅乾，一隻死翹翹的倉鼠
阿米蒂奇，一隻活生生的老鼠

一塊來認識故事裡的人物吧：

爸爸，就是爸爸

伯特，開餐車賣漢堡的男人

吸辣，
柔伊的繼母

柔伊，一個小女孩

目錄

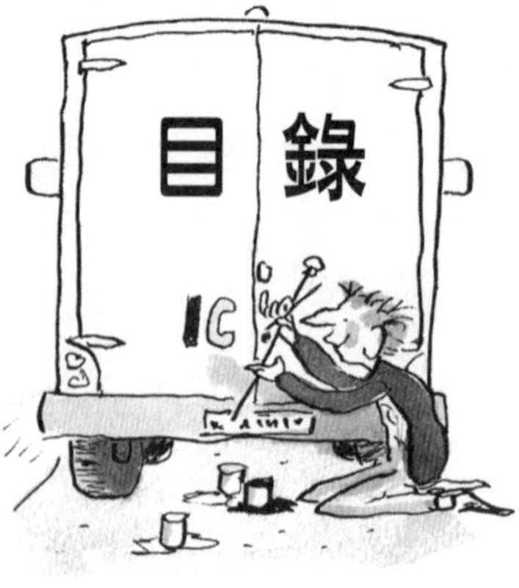

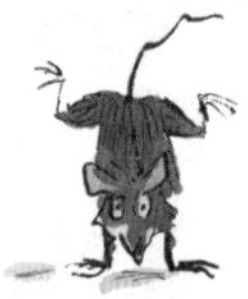

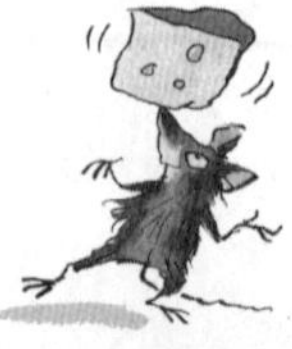

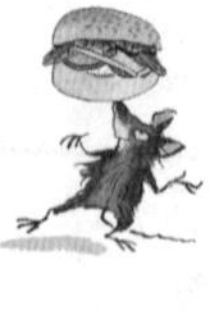

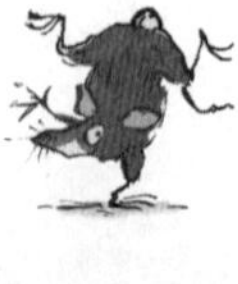

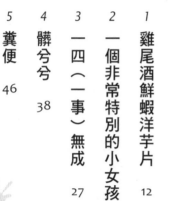

1 雞尾酒 鮮蝦洋芋片

倉鼠死掉了。

仰躺著。

四腳朝天。

死翹翹了。

柔伊打開籠子，淚水從她的臉頰滑落。她的手在顫抖，心一片一片地剝落。她把薑汁餅乾毛茸茸的小身體擱在破爛的地毯上時，覺得自己這輩子再也不會綻放笑容了。

「吸辣！」柔伊用盡力氣扯開嗓門呼喊。縱使爸爸再三懇求，柔伊還是不願叫她繼母一聲「媽」。她一次都沒叫過，而且暗自發誓永遠不會叫她媽。沒有人能取代柔伊母親的地位，不過她繼母也從沒這個念頭就是了。

「閉嘴！我正忙著看電視和填飽肚子！」客廳傳來女人粗啞的嗓門。

「薑汁餅乾出事了！」柔伊喊道。「牠不舒服！」

這麼說太輕描淡寫了。

柔伊曾在電視上看過一齣劇，場景設在醫院，有名護士試圖救回一個垂死的老人。因此，她朝牠張開的嘴輕輕吹氣，拚了命地想給她的倉鼠口對口人工呼吸。這招沒用。拿迴紋針把這隻齧齒動物的小心臟跟三號電池接在一起也不管用。一切都來不及了。

倉鼠摸起來冷冰冰的，身子也僵硬了。

「吸辣！拜託妳幫幫忙……！」小女孩喊道。

起初柔伊只是默默地掉眼淚，後來嚎啕大哭一聲。最後，她終於聽見繼母不情願地拖著她沉重的腳步，穿過小公寓的走廊。她們住在一棟傾斜摩天

大樓的三十七樓。每次不管做什麼事，女人總是會發出費力的聲音。她這個人懶得誇張，居然命令柔伊幫她挖鼻孔。不過，不用說也知道，柔伊每次都說「不要」。就連拿搖控器轉台，吸辣都會發出吃力的呻吟聲。

「嘿咻，嘿咻，嘿咻，嘿咻……」吸辣宛如大象軍團般移動，喘著粗氣穿過走廊。柔伊的繼母個子很矮，不過她的身形是橫向發育，身體的寬度跟高度不相上下。

一言以蔽之，她長得像「一顆球」。

沒過多久，柔伊便察覺女人站在門口，因爲她像月蝕般擋住走廊的光。不只如此，柔伊可以聞到雞尾酒鮮蝦洋芋片令人作嘔的香甜味。那是她繼母的最愛。事實上，吸辣曾大言不慚地說她剛學會走路的時候，其他什麼都不肯吃，要是她媽餵她別的，她統統會往她媽臉上吐。柔伊覺得洋芋片臭得要命，更別提鮮蝦口味的了。而那女人自然滿嘴都是鮮蝦洋芋片的臭味。

柔伊的繼母站在門口審視眼前的景象，就連此時此刻，她仍不忘一手拿著那袋臭氣逼人的零嘴，一手將洋芋片一把接著一把往嘴裡塞。她一如既往

15 鼠來堡 **Ratburger**

穿著那件髒兮兮的長版白T恤，配上黑色內搭褲和一雙毛茸茸的粉紅拖鞋。露在外面的皮膚布滿刺青。她手臂上刺的全是她前夫的名字，不過都用橫槓劃掉了。

「親愛的，」女人張開塞滿洋芋片的嘴，口沫橫飛地說。「親愛的，親愛的，眞的粉（很）難過。好桑（傷）心。這個小傢伙翹辮子惹（了）！」她向嬌小的繼女彎下身子，俯視死掉的倉鼠。她開口時，把嚼到一

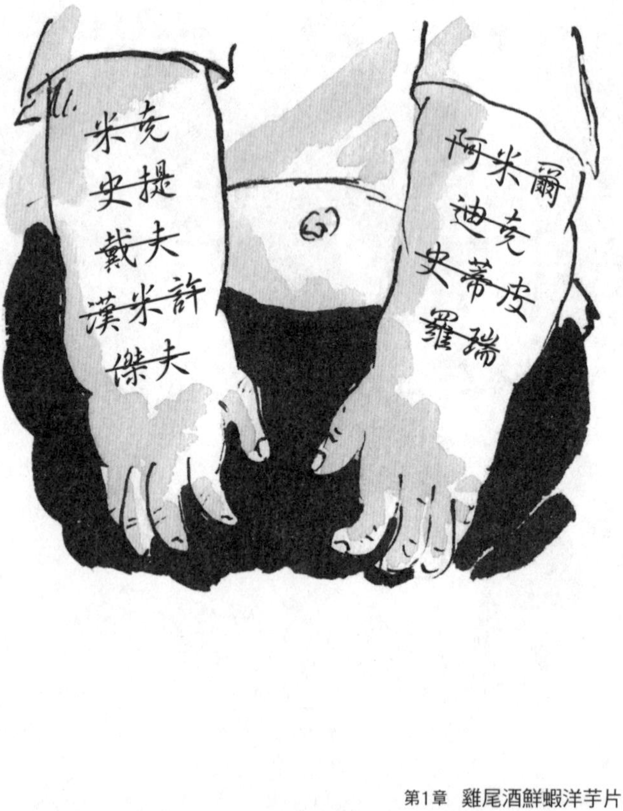

半的洋芋片噴得地毯到處都是。

「親愛的，親愛的，親愛的小乖乖。」她補了一句，但口氣顯得一點都不哀傷。

就在這個時候，一大片嚼到一半的洋芋片從吸辣嘴巴噴到可憐倉鼠的小毛臉上。看樣子是洋芋片和口水的混合物[1]。柔伊將它輕輕拭去的同時，一滴淚也落在牠冰冷的粉紅鼻頭上。

「喂，我有個好點子！」柔伊的繼母說。「我趕快把這袋洋芋片吃完，妳就能把那個小傢伙扔進袋子裡惹（了）。我注（自）己是不會碰的，我可不想感染神馬（什麼）病。」

吸辣把袋子舉到嘴邊，將最後一點雞尾酒鮮蝦洋芋片倒進她貪婪的喉嚨。接著，女人把空袋子送給繼女。「拿去。扔進來、動作快。不然整間公寓要被牠熏死惹（了）。」

1 術語我們稱作「洋芋唾沫」。

聽見女人這番不公正的言論，柔伊差點要倒抽一口氣。整間公寓是被她胖繼母的雞尾酒鮮蝦洋芋片熏死才對！她吐的氣能使牆上的油漆剝落，或者害小鳥羽毛脫落，最後全身無毛。要是風向轉了，你可以在離這裡十哩遠的小鎮聞到她的口臭。

「我才不要把我可憐的薑汁餅乾埋在洋芋片包裝袋裡，」柔伊抗議。「眞不曉得我一開始幹什麼叫妳過來。請妳走吧！」

「小姑娘，聽聽妳這什麼口氣！」女人咆哮。「我只是一片好心。忘恩負義的小混蛋！」

「總之妳的好心派不上用場！」柔伊頭也不轉地吼道。「離開就對了。算我拜託妳！」

吸辣大力踏步走出房間，摔門的力道之大，天花板的灰泥都剝落了。

柔伊聽見她不願稱作「媽」的女人拖著吃力的步履走回廚房，肯定打算撕開另一袋家庭號的雞尾酒鮮蝦洋芋片，好餵她那無底洞的胃。小女孩孤伶伶地在狹小的臥室裡，輕摟著死掉的倉鼠。

但話說回來，牠是怎麼死的？柔伊知道即使用倉鼠的年紀計算，薑汁餅乾仍很年輕。

會不會是一起倉鼠謀殺案？她在心裡暗忖。

但有誰會想謀殺一隻手無寸鐵的小倉鼠？

這個嘛，在故事結束之前，答案就會揭曉。你將明白有人可以做出比這個更狠毒的事，世界上最陰險的壞蛋就蟄伏在這本書的某個角落。膽子夠大的話，就繼續往下讀吧……

2 一個非常特別的小女孩

在我們跟這個壞到骨子裡的人見面之前，請讓我從頭說起。

柔伊還是小寶寶的時候，她的親生媽媽就過世了。儘管如此，柔伊還是有個很快樂的童年。爸爸和柔伊一直以來相互扶持，他對她展現無盡的父愛。等柔伊到了學齡，爸爸便到地方上的一間冰淇淋工廠上班。打從小時候起，他就愛死冰淇淋了，他也很喜歡在工廠上班，雖然他工時很長，賺不了多少錢，工作又很辛苦。

柔伊的爸爸之所以這麼樂此不疲，是因爲他可以發明新口味的冰淇淋。

每次在工廠交接完，他都會帶一大堆新口味的冰淇淋，興高采烈地衝回家，口味有的奇怪，有的好吃，柔伊總是能第一個品嚐。然後他就能向老闆回報女兒喜歡的口味。以下是柔伊最愛的口味：

雪酪轟炸
泡泡口香糖誘惑
三重巧克力堅果奶油軟糖旋風
超好吃棉花糖
焦糖配卡士達
芒果驚喜
可樂糖配果凍
花生醬配綿綿香蕉

鳳梨配甘草

酷炫太空塵大爆炸

她最不喜歡的口味是蝸牛配花椰菜。就連柔伊的爸爸也無法把蝸牛配花椰菜口味的冰淇淋變得美味。

雖然不是每種口味——尤其是蝸牛配花椰菜口味——都能成功上市，但柔伊每種都嚐過了！有時候她吃太多冰淇淋，覺得自己快要爆炸了。最棒的是，她常常是世界上唯一能夠品嚐這些口味的小孩，這讓柔伊感覺自己是個非常特別的小女孩。

但再特別的小孩還是會遇上問題。

身爲獨生女的柔伊，在家裡除了爸爸，沒人能陪她玩，更何況爸爸在工廠的上班時數又很長。於是，和許多小孩一樣，到了九歲那年，她一心一意想要養一隻寵物。她只是想要有個對象來愛，不一定要是倉鼠，其實什麼寵物都行。只要也會愛她就好。只不過，作爲傾斜摩天大樓的三十七樓住戶，他們只能挑小隻的寵物來養。

於是，柔伊十歲生日那天，爸爸出其不意地提早下班，到校門口接女兒。他把她扛在肩膀上，當她還是小寶寶的時候就一直很喜歡這樣，他會帶她去當地的一家寵物店，給她買了一隻倉鼠。

柔伊挑了一隻毛最蓬鬆、模樣最可愛的倉鼠寶寶，取名爲薑汁餅乾。

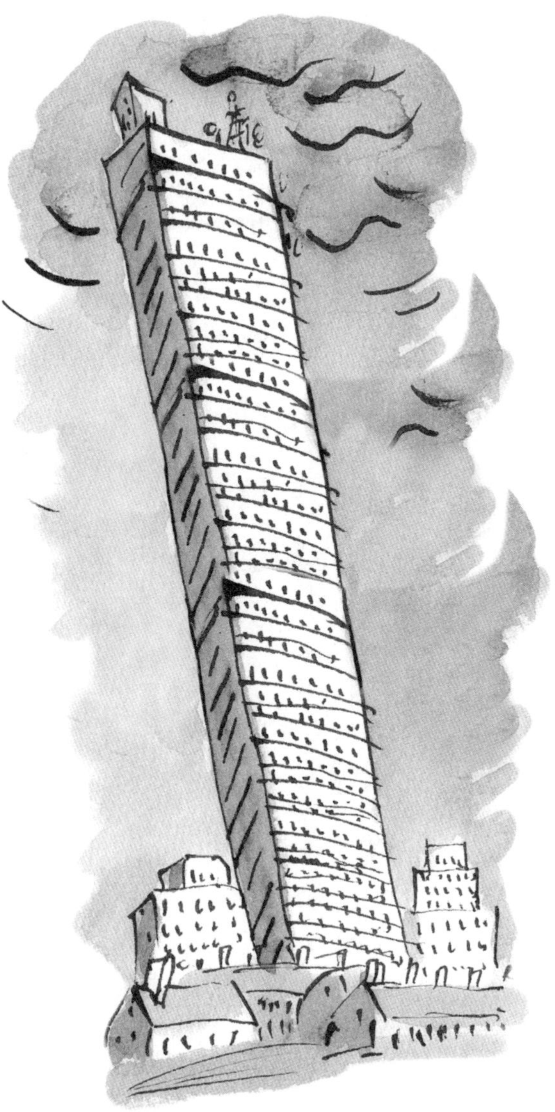

薑汁餅乾住在小女孩臥室的籠子裡。薑汁餅乾會在夜裡繞著滾輪跑呀跑的，害柔伊不能睡覺，但她並不介意。她拿餅乾犒賞牠吃，即使牠輕咬她手指兩下，她也不介意。她甚至不介意牠的籠子有倉鼠尿味。

總之柔伊很愛薑汁餅乾，薑汁餅乾也很愛柔伊。

柔伊在學校裡沒什麼朋友。更慘的是，其他小孩因爲她個頭小、留薑黃色的頭髮，又戴牙套，所以老欺負她。擁有以上任一特色就夠慘了，偏偏她運氣不好，三項全中。

薑汁餅乾雖然沒戴牙套，但是牠小小一隻，毛也是薑黃色的。牠八成就是因爲身材迷你、毛色薑黃，才能在寵物店玻璃櫥窗後幾十隻縮成一團的小毛球中脫穎而出，被柔伊選中。她一定察覺到彼此之間的共通點。

接下來的幾星期乃至於幾個月，柔伊教了薑汁餅乾好幾個令人嘆爲觀止的小把戲。只要給牠一顆向日葵籽，牠能用後腳站立、跳隻小舞。給牠一顆胡桃，薑汁餅乾會來個後空翻。如果給一小塊糖，牠還會用背撐著地，四腳凌空旋轉。

柔伊的夢想是栽培她的小寵物，成爲第一隻會跳霹靂舞的倉鼠，躍上國際舞台，一舉成名天下知！

她打算在聖誕節來個小表演，邀社區的其他小孩觀賞。連宣傳用的海報她都做好了。

後來，有一天爸爸下班回家，帶來一個非常哀傷的消息，將讓父女倆幸福美滿的生活四分五裂……

薑汁餅乾
會跳霹靂舞的倉鼠
鎖舞、戰鬥舞、
近地動作、機器舞，
樣樣精通
正在學風車動作，
但目前還沒抓到訣竅！
主持人：柔伊

3 一四（一事）無成

「我失業了。」爸爸說。

「不！」柔伊說。

「工廠關門大吉，全部要搬到中國營運。」

「你還是會找到下一份工作的，對不對？」

「我會加油，」爸爸說。「不容易就是了。畢竟一堆被解僱的人都要找同一份工作。」

果真被爸爸料中了。豈只不容易，簡直是不可能的任務。這麼多人同時失業，爸爸被迫領政府的失業救濟金，但金額少得可憐，連餬口都成問題。

爸爸整天沒事做，意志也愈來愈消沉。起初他每天都到就業服務中心報到，可是在方圓百哩內總是一份工作也沒有，最後他開始造訪酒吧——柔伊看出端倪，因爲她確定就業服務中心不會開到深夜。

柔伊愈來愈擔心爸爸，她有時甚至懷疑他澈底放棄人生了。先是喪妻，後來又丟了工作，雙重打擊似乎讓他無法承受。

他哪裡知道自己的處境將會每況愈下……

爸爸是在人生的低谷認識柔伊的繼母。他日子過得寂寞，她也因爲前夫死於一場跟雞尾酒鮮蝦洋芋片有關的意外而單身。吸辣好像以爲第十號老公領的失業救濟金可以讓她不愁吃不愁穿，可以過著手不離菸、雞尾酒鮮蝦洋芋片吃不完的生活。

柔伊還是小寶寶的時候，她的生母就過世了，所以任憑她怎麼努力回想、想了又想，還是對媽媽沒有任何印象。以前家裡到處都擺滿了媽媽的照片，媽媽有著和藹可親的笑容。柔伊每每盯著照片，試著擠出和她一樣的微笑。母女倆確實像一個模子刻出來的，兩人笑起來的樣子特別像。

可是，柔伊剛進門的繼母，有天趁他們不在家的時候，把掛著的照片統統拿下來。後來順理成章地說照片「不見了」，八成是被她燒掉了。爸爸不喜歡談起媽媽，因爲每次談起他都會掉眼淚。但不管怎樣，她都活在柔伊的心中。小女孩知道親生媽媽很愛她，這點無庸置疑。

柔伊也知道繼母不愛她，甚至對她沒什麼好感。事實上，柔伊很清楚繼母把她當作眼中釘。吸辣待她的方式，最好的時候把她當隱形人，最差的情況當她是麻煩鬼。柔伊常偷聽到繼母說等她年紀夠大，就要她搬到外面自力更生。

「臭丫頭以後休想再占我的便宜！」女人其實從沒給過她半毛錢，連她過生日都不例外。那年聖誕節，吸辣給柔伊一張用過的衛生紙當禮物。小女孩拆「禮物」的時候，她又當著人家的面取笑她。衛生紙上滿是鼻涕。

柔伊的繼母一搬進來，馬上下令把倉鼠趕出家門。

「臭死了！」她尖叫道。

不過，又是咆哮又是摔門，掀起一陣風波後，柔伊終究還是可以把小寵物留下來。

儘管如此，吸辣對薑汁餅乾的厭惡還是有增無減。她老愛嘴上抱怨，說這隻小倉鼠把沙發咬得都是洞，但明明是她滾燙的煙灰掉落，才把沙發給燒破！她一而再、再而三警告繼女：「要是我看見辣個（那個）小畜牲溜出籠子，一定會把牠踩扁。」

柔伊教倉鼠霹靂舞的事，也被吸辣拿出來冷嘲熱諷。

「虎搞（胡搞）瞎搞，妳只是在浪費時間。妳跟辣個（那個）小畜牲最後會一四（一事）無成。聽到了沒？一四（一事）無成！」

柔伊聽到了，但選擇左耳進右耳出。她知道自己跟動物有特殊的緣分，爸爸也總是這麼說的。

事實上，柔伊夢想帶著一群動物明星周遊列國。有朝一日，她要訓練動物做舉世驚奇的雜技。這些令人拍案叫絕的表演細項她都鉅細靡遺地列好了：

巨星級青蛙DJ

水龜饒舌小子

跳交際舞的沙鼠搭檔

大象歌劇天王

驢子魔術大師

蜈蚣踢踏舞高手

全由天竺鼠組成的男孩團體

烏龜街舞團體

貓咪模仿達人（專攻知名卡通貓咪角色）

芭蕾舞名豬

小蟲催眠大師

螞蟻腹語專家

高空鋼索特技表演乳牛

不怕死的鼴鼠，特技絕活
來者不拒，當作鼠肉砲彈
轟出大砲也甘之如飴

河馬高空彈跳權威

大秀空手道的水母

柔伊的計劃周延。有動物朋友幫忙的話，她和爸爸可以拿這些賺來的錢，搬離這棟傾斜頹圮的摩天大樓。她可以爲爸爸買一層更大的公寓，她自己也能宣告退休，搬進一幢鄉間豪宅，爲被人遺棄的動物成立收容所。動物們白天可以跑來跑去，晚上可以在一張超大尺寸的床上一起睡覺。**動物不分大小，愛護一視同仁**是寫在大門口的標語。

厄運降臨的那一天，柔伊放學回家，卻發現薑汁餅乾已一命嗚呼。而柔伊成立明星動物培訓班的美夢也隨著牠的離世而消逝。

所以說，讀者們，搭乘時光機探尋根源之後，我們回到起點，準備把故事繼續往下說。

你可別回頭往前翻頁，不然重複看那幾頁在原地打轉眞的有點呆。請別這麼做，把書往下翻就對了，讓我繼續將故事娓娓道來。動作快。別在這一頁停留了，現在就動起來。趕快！

4 髒兮兮

「把牠沖進馬桶！」吸辣吼道。

柔伊坐在床上，隔著牆聽爸爸和繼母吵架。

「不行！」爸爸回答。

「你這個沒用的飯桶，把牠給我！我來丟垃圾桶！」

柔伊經常穿著小到不合身的睡衣，在遠超過她就寢的時間，隔著薄如紙的牆壁聽爸爸和繼母吵架。今晚他們大吼大叫的主題，不用說也知道，是當天過世的薑汁餅乾。

這家人住在一棟年久失修——而且嚴重傾斜、幾十年前早該拆除——的公有住宅區三十七樓，所以沒有自己專屬的花園。中央的混凝土廣場有座老舊的探險遊樂場，由社區住戶共有。可是地方上的小混混常在那裡廝混。太危險了，一般人不敢靠近。

「看什麼看？」田娜．多刺會對每個路過的人嗆聲。田娜是當地的小霸王，她的那群青少年幫派把社區當作他們的地盤。雖然年僅十四歲，她卻有辦法把成年男人弄哭，況且這早就不是新聞了。每天柔伊上學途中，田娜都會從公寓朝小女孩的頭吐口水，而且為此捧腹大笑，彷彿這是世界上最好笑的事。

要是這家人在社區有一塊地，哪怕只是一小塊草地，柔伊都會拿湯匙挖一個小墓穴，把她這位小朋友放進洞裡，用棒棒糖的棍子刻墓碑。

薑汁餅乾，
摯愛的倉鼠，
霹靂舞的專家，

有時候也是震感舞大師，
主人暨朋友柔伊永遠懷念，
息止安所[2]

不過，想當然爾，他們家沒有花園。社區裡也沒有任何一戶人家有花園。所以柔伊只好撕下一頁歷史課的練習簿，將倉鼠小心翼翼地裹起來。等爸爸終於從酒吧回家，柔伊把這個珍貴的小包裹交給他。

她心想：**爸爸會知道怎麼處置的**。

可是柔伊萬萬沒想到她的繼母會插手。

爸爸又高又瘦，外型跟新過門的妻子天差地遠。假如她是顆保齡球，那他就是根球瓶——不用說也知道，保齡球常把球瓶撞倒。

所以，爸爸和吸辣正在廚房爭執該拿柔伊給他的小包裹怎麼辦。每次聽他們兩個對彼此大呼小叫都很痛苦，而今晚格外令柔伊難受。

「孩子可憐，我再給她買隻倉鼠好了，」爸爸大膽提議。「他們之間感情很好……」

柔伊頓時覺得撥雲見日。

「你瘋了嗎？」繼母譏諷他。「再買隻倉鼠？你這個窩囊廢，連工作都找不到，哪裡買得起？」

「現在根本沒工作可找。」爸爸爲自己辯護。

「你啊，整天遊手好閒才找不到工作。沒用的飯桶。」

「我可以爲柔伊想想辦法。我把女兒看得比自己的命還重。我想辦法存點救濟金好了……」

「那點錢連我吃雞尾酒鮮蝦洋芋片都不夠，更何況是養辣種（那種）畜牲。」

「可以拿廚餘餵牠啊。」爸爸抗議。

「我可不想家裡又來一隻噁心的動物！」女人說。

---

2 這一定要是根很大的棒棒糖棍子。

「那是倉鼠！不是什麼噁心的動物。」

「倉鼠沒比老鼠好到哪裡去，」吸辣接著說。「應該說更糟！我從早到晚趴在地上，把家裡擦得一塵不染。」

她睜眼說瞎話。家裡亂得簡直跟垃圾場沒兩樣！柔伊心想

「後來辣個（那個）討厭的小傢伙來了，把家裡到處都弄得髒兮兮！」吸辣繼續說謊不打草稿。「既然說到這個，你小便可以瞄準馬桶一點嗎？」

「抱歉。」

「不然怎麼辦？在馬桶後面接個灑水器好了？」

「女人，妳嗓門可以不用這麼大！」

小女孩再一次學到慘痛的教訓，那就是偷聽爸媽講話的下場可能很悲慘，你總是會聽到你永遠都不想知道的事。除此之外，薑汁餅乾才沒有到處都弄得髒兮兮呢。每次柔伊偷放牠在臥室跑，事後總會用衛生紙把牠的糞便撿起來，再萬無一失地沖進馬桶。

「我把籠子拿去當鋪好了，」爸爸說。「或許可以換個幾英鎊。」

「**我**拿去當鋪就好，」他妻子挑釁地說。「你只會把錢拿去酒吧花。」

「可是——」

「給我把那個討厭的傢伙扔進垃圾桶。」

「我答應柔伊要在公園給牠一個像樣的葬禮。薑汁餅乾是她的心肝寶貝，她教牠好多把戲什麼的。」

「太口悲（可悲）了！口悲（可悲）！跳霹靂舞的倉鼠？全是胡扯！」

「妳這麼說就太過分了！」

「還有你今晚休想再給我出門了。我信不過你這個人，你一定又會跑去酒吧。」

「已經打烊了。」

「我太了解你了，你會待在酒吧門口，等它明早開門……好了，給我拿來！」

柔伊聽見繼母用她肥嘟嘟的腳把腳踏垃圾桶踩開，以及微弱的**砰咚**一聲。

柔伊的眼淚撲簌簌地流下臉頰，她往床上一倒，整個人埋進羽絨被裡。她往右翻身，跟平常的夜晚一樣，望著籠子。

空蕩蕩的籠子看得她好難過。小女孩闔上眼，但怎樣也睡不著。她的心在隱隱作痛，思緒也不停旋繞。她既悲傷又憤怒，既悲傷又憤怒，悲傷得不得了。她往左翻身。或許面對污

穢的牆壁要比空的籠子容易入睡。她又把眼睛閉上，可是滿腦子想的都是薑汁餅乾。

想要好好懷念牠也沒那麼簡單，因爲隔壁公寓傳來陣陣噪音。柔伊不曉得隔壁鄰居是誰，畢竟摩天大樓的住戶感情都很疏離，只是晚上她常聽見咆哮。聽起來像是一個男人在吼他女兒，女兒也常哭。雖然不認識這個女孩，柔伊還是替她感到難過。無論柔伊覺得自己的生活有多慘，這個女孩的日子肯定更不好過。

但是，柔伊不去理會那些咆哮，很快就入睡了，她夢見薑汁餅乾在天堂跳著霹靂舞……

5 糞便

隔天早上，柔伊拖著比平常更不情願的步伐上學。薑汁餅乾死了，這意味著她的夢想也跟著凋零。柔伊走出社區，田娜一如往常地往她頭上吐了一口唾沫。正當柔伊用練習簿上撕下來的紙張擦拭她捲曲頭髮上的口水時，她看見爸爸蹲在一小塊草地旁，似乎正在用手挖著什麼。

他很快地轉過身，似乎是受到了驚嚇。

「噢，是妳啊，親愛的……」

「你在做什麼啊？」柔伊問。她湊過去想看爸爸在做什麼，發現地上有個小丘，旁邊放著裹著薑汁餅乾的小包。

「別告訴妳媽媽……」

「是繼母！」

「別告訴妳繼母我從垃圾桶裡翻出這個小傢伙……」

「噢，爸爸！」

「吸辣還在呼呼大睡，我想她沒聽見任何動靜。我知道薑汁餅乾對妳而言有多重要，我想體面地安葬牠。」

柔伊一開始還微笑著，很快眼淚便忍不住潰堤。

「噢，爸爸，謝謝你……真的……」

「千萬別讓她知道，否則她絕對會殺了我。」

「當然。」

柔伊在他身旁跪下，捧起薑汁餅乾放進他爸爸挖的小洞中。

「我還找了一根工廠裡的舊冰棍，可以當作墓碑。」

柔伊從口袋掏出一根破爛的原子筆，在木棍上寫下「薑汁餅乾」，由於冰棍可以書寫的空間實在太小，最後只夠寫下**薑汁餅**。

爸爸把洞填平後，他們起身退後，靜靜地看著這座小小墳墓。

「謝謝你，爸爸，你最好了……」

爸爸痛哭失聲。

「怎麼啦？」柔伊問。

「我不是個好爸爸，真的很抱歉，柔伊，我之後一定會找份工作的，我會的……」

「爸爸，沒關係的，工作沒那麼重要，我只想要你開心起來。」

「我不想讓妳看見我這副模樣……」

爸爸轉身離開，柔伊拉著他的手臂不放，但他掙脫開來，往摩天大樓走了。

「晚點學校大門見，爸爸。我們

一起去公園，你可以背我在肩膀上，就跟以前一樣，不會花多少時間的。」

「抱歉，我到時人應該在酒吧，在學校玩得開心。」他頭也不回地喊著。他不想在女兒面前展露悲傷，一直以來都是。

柔伊感覺她的胃在咕咕哀鳴，她昨晚沒吃晚飯，因爲吸辣把所有救濟金都拿去買菸了，家裡一點吃的都沒有。柔伊已經有很長一段時間沒有進食了，她只好在拉吉的書報攤前停下腳步。

學校裡所有孩子都會在上學或放學的路上光顧這家店。柔伊沒有零用錢，所以她只能走進店裡用渴望的眼神望著那些點心。好心的拉吉經常因爲同情柔伊而免費請她吃，雖然都是一些過期的點心，有些還發霉了，但柔伊還是很感激他。有時拉吉還會讓她舔一舔薄荷糖，之後再吐出來用包裝紙包好，就可以再賣給其他顧客。

柔伊今早特別餓，希望拉吉會願意幫忙……

門鈴**叮咚**一聲響起，大門開了。

「啊啊啊！是柔伊小姐啊。我最喜歡的老主顧。」拉吉是個樂天的大塊

頭，臉上總掛著燦爛的笑容，就算你跟他說他的店失火了也不例外。

「拉吉，你好，」柔伊難爲情地說。「恐怕我今天還是沒錢消費。」

「一便士都沒有？」

「對不起，沒有。」

「老天爺啊。可是妳看起來好像三天沒吃飯了，要不要啃一口巧克力棒？」

他拾起一根巧克力棒，替她拆開包裝紙。

「麻煩妳盡量沿著邊邊啃，這樣我之後還可以包回去，重新上架販售。下個客人絕對不會發現！」

柔伊貪婪地啃食巧克力棒，像隻小齧齒動物用門牙啃下邊角。

「小朋友，妳怎麼一臉愁容呢，」拉吉說。他總能敏銳地察覺到有事不對勁，而且比某些家長或老師展現更多關愛。「是不是哭過了？」

柔伊從她啃咬的巧克力棒前抬了一下頭。淚水滾落，還是把她的雙眼刺得很痛。

「沒啦，拉吉，我很好。只是肚子餓了。」

「柔伊小姐，不是這樣吧。我看得出來有什麼事出差錯了。」他倚著櫃台，對她微笑，鼓勵著她。

柔伊深呼吸。「我的倉鼠死掉了。」

「哦，柔伊小姐。我真替妳難過。」

「謝謝。」

「可憐的孩子啊。幾年前我養了一隻寵物蝌蚪，後來牠死掉了，所以妳的傷痛我感同身受。」

柔伊一臉驚訝。「一隻寵物蝌蚪？」她從沒聽過有誰養蝌蚪當寵物的。

「對，牠的名字是『印度薄餅』。有天晚上我讓牠自個兒在小魚缸裡游來游去，隔天早上醒來發現有隻討厭的青蛙在裡面。一定是牠把『印度薄餅』給吃了！」

柔伊不敢相信自己的耳朵。

「拉吉……」

「怎麼了？」書報攤老闆用他羊毛衫的袖口拭去一滴淚。「不好意思，每次想到『印度薄餅』，我就很情緒化。」

「拉吉，蝌蚪會變成青蛙。」

「孩子，妳別傻了！」

「是真的。所以那隻青蛙就是『印度薄餅』。」

「我知道妳只是想讓我好過一點，但我也知道這不是事實。」

柔伊翻了一個白眼。

「好，跟我說說妳的倉鼠……」

「牠呢，對我來說，非常特別。我訓練牠跳霹靂舞。」

「哇！牠叫什麼名字？」

「薑汁餅乾，」柔伊哀傷地說。「我的夢想是有一天栽培牠上電視節目表演……」

拉吉沉思片刻，然後直視柔伊的雙眸。「小姑娘，妳千萬不能放棄妳的夢想……」

「問題是薑汁餅乾都死了……」

「但是妳的夢想不必跟著凋零啊。夢想永不熄滅。如果妳有本事訓練倉鼠跳霹靂舞，柔伊小姐，想像一下妳還能發揮什麼長才……」

「大概吧……」

拉吉看了手錶一眼。「雖然這個話題我很感興趣，但我們總沒辦法一直這樣聊下去。」

「不可以嗎？」儘管拉吉不曉得蝌蚪會變成青蛙，而且從來不想踏出他凌亂的小書報攤一步，柔伊還是對他喜愛有加。

「小姑娘，妳該去上學了。遲到就不好了……」

「大概吧。」柔伊咕噥道。有時她會問自己幹嘛不跟其他很多學生一樣翹課。

拉吉用他的大手示意。「好了，柔伊小姐，麻煩把巧克力棒還給我，我好重新上架販售……」

柔伊望著自己的雙手，巧克力棒不見了。她餓到把連塞牙縫都不夠的零嘴給吃乾淨了，只剩下一小塊。

「拉吉，我很抱歉。我不是故意的。眞的不是！」

「我知道，沒關係，別緊張，」和藹可親的男人說。「放回包裝紙就好。可以當作特殊的減肥巧克力，拿去賣給像我這種胖子！」

「好主意！」小女孩說。

柔伊走向門口，接著轉身面向書報攤老闆。

「對了，我要向你道謝。不只是爲了巧克力，還有你給我的建議……」

「柔伊小姐，兩項我都爲妳免費提供。好了，快去上學吧……」

後來到了學校，拉吉的話整天在柔伊腦海中徘徊。可是回到家以後，她還是感到同樣的失落。薑汁餅乾走了，再也不會回來了。

日復一日、週復一週、月復一月。她說什麼都忘不了薑汁餅乾。牠是隻如此特別的小倉鼠，爲她痛苦的世界帶來這麼多的歡樂。從牠去世的那一刻開始，柔伊感覺自己走進了一場暴風雨。慢慢地，日子一天一天、一週一週地過去了，雨勢和緩了一點，但天始終沒有放晴。

直到數個月後的某晚，發生了一件澈底出人意料的事。又是難以忍受的一天，在學校被那群小霸王欺負，尤其是那個令人聞風喪膽的田娜．多刺。柔伊躺在床上，隔壁照舊傳來咆哮聲。後來，在夜晚片刻的寧靜中傳來一個微弱的聲音。起初聲音小到幾乎難以察覺，然後愈來愈大。

聽起來像是什麼在啃東西。

我在做夢嗎？柔伊暗忖。**我是不是又夢到自己醒著躺在床上的怪夢了？**

她睜開眼。不，她沒在做夢。

有個小傢伙在她的臥室移動。

有那麼一兩秒，柔伊失心瘋地以為那是薑汁餅乾的鬼魂。最近她在房裡發現兩顆看似糞便的東西。**不，別發神經了**，她對自己暗自喊話。**那肯定只是奇形怪狀的灰塵罷了。**

起初她只能看見門邊的角落有個小小的暗影。她躡手躡腳地下床，想看

個仔細。牠髒髒小小的，還散發些許臭味。灰塵滿布的木頭地板被她的腳步壓得嘎吱作響。

小傢伙把頭一轉。

是隻老鼠。

6 老鼠，嗒啦嗒啦

聽到「老鼠」這兩個字，接下來你腦中會閃過什麼念頭？

老鼠……害蟲？

老鼠……下水道？

老鼠……疾病？

老鼠……咬傷？

老鼠……瘟疫？

老鼠……捕鼠人？

老鼠……嗒啦嗒啦？

老鼠是這個星球上最不討喜的東西了。

小貓
小狗
小兔子
倉鼠
沙鼠
天竺鼠
大象寶寶
無尾熊
小豬
企鵝
蝴蝶

蛞蝓

蜘蛛

刺人的蕁麻

黃蜂

蠕蟲

水母

放屁

電視節目主持人
皮爾斯．摩根

老鼠

不過話說回來，要是我跟你說，柔伊那晚在她臥室裡找到的是隻老鼠寶寶呢？

沒錯，那是一隻你能想像到的最可愛、最貼心、最嬌小的老鼠寶寶，牠正蜷伏在她臥室的角落，小口小口地咬著她滿是破洞的髒襪子。

憑著抽動的粉紅小鼻子、毛茸茸的耳朵，和那雙滿懷希望的深邃大眼，這隻老鼠絕對能奪下害蟲界選美比賽的冠軍。怪不得柔伊最近會在房裡發現那些神祕糞便：這個小傢伙肯定是罪魁禍首[3]。

以前柔伊總是以爲她看到老鼠的話，會嚇得魂飛魄散。這棟頹圮的公寓大樓時常宣導防治鼠患，所以她的繼母甚至還在廚房放了老鼠藥。

可是，這隻老鼠看樣子不怎麼嚇人嘛。

事實上，眞要說誰怕誰，老鼠反而比較怕柔伊呢。她走近時，木頭地板嘎吱作響，嚇得牠沿著牆邊跑，然後躲進她的床底下。

「小朋友，你別怕，」柔伊輕聲說。她慢慢把手伸進床底下，想摸這隻小老鼠。一開始看到她的手，牠嚇得毛髮豎起，直打哆嗦。

「不怕、不怕，」柔伊安撫牠。

於是，老鼠從柔伊搖搖欲墜的小床下那片灰塵和泥巴中，緩緩地爬出來，靠近她的手。牠先是聞一聞她的手指，然後舔了其中一根，接著舔另外一根。吸辣好吃懶做，根本不下廚。柔伊餓到只好偷一包繼母可怕的雞尾酒鮮蝦洋芋片當晚餐。老鼠一定在她的手指上聞到洋芋片的味道了。雖然柔伊對這種其實跟鮮蝦或雞尾酒毫無關聯的零嘴抱持深深的疑慮，但老鼠似乎不以爲意。

柔伊咯咯輕笑。老鼠這麼小口啃咬，把她搔得很癢。她抬起手想摸牠，可是老鼠往下一鑽，跑到臥室遠處的角落。

「不怕、不怕，過來呀。給我摸一下嘛。」柔伊懇求道。

老鼠遲疑地凝望她，然後一步步試探性地朝她的手走去。她用小指頭盡可能輕柔地撫摸牠的毛髮。小老鼠的毛遠比她想像中柔軟。雖然跟薑汁餅乾

3 這個嘛，總之不是我幹的。

比起來還是差了點，畢竟天底下什麼都比不上薑汁餅乾，但已算是出奇地柔軟了。

柔伊的手指頭一根根向下伸，沒過多久就開始撫摸小老鼠的腦袋。柔伊將手指慢慢往下探，伸到牠的脖子和背部。老鼠弓起背，觸碰她的手。

大概從沒有人向牠展露過這般柔情，肯定沒有人類這麼做過。世界上的老鼠藥多到足夠撲殺現存老鼠數量的十倍，除此之外，人們看到老鼠，要嘛放聲尖叫，要嘛伸手拿掃把來打。

如今望著這個小傢伙，柔伊實在很難想像為什麼有人想要傷害牠。

這時老鼠突然豎直耳朵，柔伊也旋即轉頭。她爸媽臥室的房門開了，她可以聽見繼母**咚咚咚**的腳步聲穿過走廊，每走一步就喘一口粗氣。柔伊一不做二不休，趕緊抓起老鼠、捧在掌心、再跳回床上。要是吸辣知道繼女在床上摟著一隻齧齒動物，她肯定會抓狂。柔伊咬緊羽絨被，躲進毯子裡。她拉長耳朵、耐心等候。浴室的門吱嘎開啟又關上，柔伊依稀聽到繼母**砰**的一聲往龜裂的馬桶坐墊坐下。

柔伊鬆了一口氣，將雙手打開。老鼠寶寶安然無恙，暫時沒事。她讓這隻小齧齒動物從她的手上又蹦又跳地跑到她破爛的睡衣上。

「親親，親親。」她發出小小的親吻聲，就像以前對薑汁餅乾那樣。小老鼠也靠近她的臉龐，就像以前她養的倉鼠那樣。

柔伊朝牠的鼻頭種下輕輕的一個吻。她把枕頭弄凹一處，位置就在她平常靠頭的旁邊，再把老鼠輕柔地往裡頭一放。大小剛剛好，沒過多久，她便聽到老鼠在她旁邊小小聲地打呼。

如果你沒聽過老鼠打呼，牠們的打呼聲是這樣的：

呼嚕呼嚕呼嚕呼嚕呼嚕，呼嚕呼嚕呼嚕

呼嚕呼嚕，呼嚕呼嚕呼嚕呼嚕呼嚕，呼嚕呼嚕呼嚕呼嚕

呼嚕，呼嚕呼嚕呼嚕呼嚕呼嚕，呼嚕呼嚕呼嚕呼嚕呼嚕

「那麼，我現在該怎麼把你藏起來，不讓別人發現呢？」柔伊低聲道。

7 偷帶動物

把老鼠偷偷帶到學校，不是一件容易的事。

但不用說也知道，最難偷帶到學校的動物會是藍鯨。體積龐大，全身上下又都是水。

河馬也很難帶到學校而不被發現，長頸鹿也是。一個太胖，一個太高。

獅子也不是個好選項，驚天動地的一聲獅吼不露餡才怪。

海豹太常叫了，海象也是。

臭鼬的氣味太臭，甚至比某些老師的體味還難聞。

袋鼠老是蹦蹦跳跳，沒完沒了。

鰹鳥[4]的叫聲太粗魯。

大象有破壞椅子的傾向。

鴕鳥雖然可將你火速載往學校，可是太大隻了，藏不進書包。

北極熊可以和北極的廢棄物融爲一體，但如果在學校餐廳排隊，一眼就會被認出來。

偷帶鯊魚進校園會立刻被學校開除，尤其是那天有游泳課的話。牠們有將小孩生吞活剝的傾向。

猩猩也是校園的拒絕往來戶。牠們調皮搗蛋，干擾課堂秩序。大猩猩更是要不得，尤其是在數學課。大猩猩的數學很差，討厭做加法，不過牠們的法語倒是出奇地溜。

想把一群牛羚帶進學校而不被老師盯上，簡直是不可能的任務。

反觀小蝨子倒是攜帶方便到可笑的程度。有的小孩每天都會偷帶成千上萬隻小蝨子進校園。

要把老鼠這種動物偷帶進學校，還是有點難度。在「難以偷帶進校園」的尺度表上介於藍鯨和小蝨子之間。

問題出在柔伊沒辦法把這個小傢伙留在家。薑汁餅乾破爛老舊的籠子早就不見，被她的繼母拿去當舖典當了。那個壞心眼的女人一換來幾枚銅板，馬上去買一大箱的雞尾酒鮮蝦洋芋片。還沒吃早餐，她就先把三十六包洋芋片給嗑光。

假如柔伊放任老鼠在家裡亂跑，她知道吸辣一定會拿藥毒死牠，或用大腳把牠踩扁，或雙管齊下。她繼母對齧齒動物的厭惡眾所皆知。即使柔伊把老鼠藏在臥室的某個抽屜，或床底下的一個箱子，還是很有可能被吸辣發現。柔伊知道她一踏出家門上學，繼母就會跑去偷翻她的東西。因爲吸辣想找東西拿去賣，不然就是跟別人換一兩根香菸或更多雞尾酒鮮蝦洋芋片。

4 鰹鳥是一種海鳥，跟鰈鳥的血緣很近。免得你以爲是我故意搞笑來亂的，我向來都有憑有據的好不好！

有一天，柔伊發現她的玩具統統消失蒸發，另一天離奇消失的則是她心愛的書。把老鼠留在家跟那個女人獨處實在太危險了。

柔伊想過要把老鼠放進書包，可是出自清寒家庭的她只能把書裝在一只塑膠購物袋中，袋子破爛到得拿膠帶來黏。這隻小齧齒動物說不定會把袋子咬破逃出去，她可不能冒這個險。於是，柔伊把牠藏進比她身材大兩號的夾克胸前口袋。沒錯，雖然會一直感覺老鼠扭來扭去，但至少她能確定牠安全無虞。

當柔伊踏出摩天大樓的樓梯井，走到混凝土的社區公共區域，她聽到有人在上方叫喚。「柔伊！」

她抬頭一看。

真是大錯特錯。

一大坨口水從天而降，不偏不倚落在她的臉上。柔伊瞧見田娜．多刺站在幾層樓高的欄杆邊。

「哈哈哈！」田娜朝底下放聲大笑。

柔伊忍住淚水，只是拿袖子擦臉，轉身就走。田娜的笑聲依舊在她身後迴盪。她本來可能哭出來的，但感覺小老鼠在口袋裡動來動去，她頓時覺得心裡有了依靠。

現在我又有一隻小寵物了，她心想。**牠也許只是一隻小老鼠，但好戲還在後頭呢……**

也許拉吉說的沒錯，她那訓練一隻動物娛樂大眾的夢想還沒完全破滅。

這隻老鼠給柔伊帶來的安慰持續到她抵達學校。今年柔伊剛來這所大間的學校上課，目前一個朋友也沒交到。大多數的學童都出身清寒，但柔伊來自最底層的三級貧戶。穿著從義賣商店買來的、沒洗過的衣服，她覺得很難爲情。衣服的尺寸不是太大就是太小，而且大多數都破了大洞。她左腳的橡膠鞋底脫落，每走一步路就啪嗒作響。

無論她走到哪裡，鞋子總是**啪嗒啪嗒啪嗒響**。

要是用跑的，就是**啪嗒嗒啪嗒嗒啪嗒嗒響**。

全校集會上，宣布完期末達人秀之後，輪到膚色蒼白的鬼夫校長上台發言。他眼睛一下也不眨地望著在禮堂聚集的學童。小孩都對他有點懼怕。因爲他總是目不轉睛、皮膚又很蒼白，校長其實是吸血鬼的謠言在低年級學生間傳得沸沸揚揚。

鬼夫校長繼續對那些違規帶手機來上學的「脫序學童」提出嚴厲警告。這番言論是對所有人警告，但柔伊身無分文，根本不敢奢望擁有手機。

好樣的，柔伊心想。**就連接受訓斥，我都覺得被排擠**。

「不用說也知道，我說的不光只有手機！」鬼夫校長彷彿猜到柔伊的心聲，低沉有力地說。他的嗓音能穿過下課時間擁擠的操場，一秒鐘讓吵鬧的學童安靜下來。「**任何東西**，只要是會叫的、會震動的，統統不准帶！聽到沒有？」他再次扯開嗓門。「不准帶！今天就這樣了。散會。」

上課鐘聲響起，學生們步履艱難地走去上課。柔伊獨自一人孤伶伶地坐在禮堂後排的灰色小塑膠椅上，緊張地思索，不曉得鬼夫校長說的違禁品有沒有包括她的這隻老鼠。牠確實會震動，有的時候還會叫。至少是吱吱叫。

「小老鼠，今天可別發出半點聲音啊。」她說。

小老鼠吱吱叫著。

糟了！柔伊暗自吶喊。

8 麵包三明治

爲了不要在門口被人推撞，柔伊等了一會兒才緩步去上第一堂課。她心目中無聊到爆的數學課奇蹟似地平安度過。地理課也沒發生任何意外，只不過她很納悶新學到的牛軛湖，會對她長大以後的生活帶來什麼用處。課堂上，柔伊偶爾偷瞄幾眼夾克內袋，發現那隻小老鼠在睡覺。牠一定很享受賴床時光。

等到下課時間，柔伊將自己反鎖在女生廁所的其中一間隔間，把她原本有意留作午餐的一點麵包拿來餵小老鼠。只要家裡還有剩菜剩飯，她就會拿來替自己做便當。可是今天早上打開冰箱，只能看見幾罐很烈的啤酒，其他什麼也沒有，她只好拿剩下的、放太久的幾片麵包給自己做麵包三明治……

食譜非常簡易：

麵包三明治

食材：三片麵包

作法：拿起其中一片麵包，夾進另外兩片麵包中。

大功告成。[5]

果然不出所料，老鼠喜歡吃麵包。只要是人類喜歡的食物，老鼠大多會欣然接受。

柔伊坐在馬桶坐墊，老鼠在她的左手上歇著，她則用右手餵牠。

5 我最新的烹飪書《麵包三明治的101種作法》將於明年問世。

牠狼吞虎嚥，吃得一乾二淨。

「給你吃，小——」

這個時候，柔伊才赫然發現她還沒幫這位迷你尺寸的朋友取名字。除非她想取一個「派特」、「萊斯」或「維芙」這樣男女通用的名字，否則就得先搞清楚老鼠的性別。於是，柔伊小心翼翼地拎起老鼠，想看個仔細。正當她想來個滴水不漏的大檢查，一條細長的黃色液體從老鼠的肚子底下呈拱形向外噴灑，直接爲牆壁點綴新妝，差點要濺到柔伊。

這下女孩有了明確的答案。她很肯定尿液是從小噴口灑出來的，只是現在老鼠一直在她手裡蠕動，她想再看一眼都有困難。

不過，她很確定牠是公的。

柔伊抬頭尋找命名的靈感。廁所門上可見某些高年級女生拿指南針刻的髒話。

「命運全是@**$$$&!%^%！」柔伊唸出聲。說這句話很粗，我想大

家應該都會贊同，就連將它唸出來的柔伊也變得很沒教養。

幫老鼠，尤其是公的老鼠，取名爲「命運」還蠻蠢的，柔伊暗忖。她繼續從門上的名字尋找靈感。

羅謝爾……不好。

達瑞斯……不好。

巴斯達……不好。

圖帕克……不好。

哈馬爾……不好。

史努普……不好。

梅瑞迪斯……不好。

凱利……不好。

碧昂絲……不好。

泰隆……不好。

仙黛兒……不好。

儘管寫滿了字，還有一些粗俗的圖畫。女廁的門能提供的靈感不符柔伊的期望。她在馬桶坐墊上挺直身子，轉頭沖水，免得引起隔壁上廁所的女生懷疑。於此同時，她在馬桶難以清除的污垢中發現優雅的幾個字。

「阿米蒂奇·珊克斯。」她高聲朗誦。這只不過是一家英國衛浴廠商的名字，但老鼠聽到她唸出聲時，居然動了動耳朵，彷彿這個名字很耳熟。

「阿米蒂奇！就是你了！」她驚呼道。這個名字聽起來很高級，相當適合這個特別的小朋友。

這時廁所門上突然傳來砰的一聲。

砰！

砰！

砰！

「妳這個死小孩在跟誰說話？」門外傳來粗嘎的嗓音。

糟了！柔伊心想。**是田娜．多刺**。她今早吐的口水還沒完全從柔伊布滿雀斑的小臉上清掉。

田娜年僅十四歲，但體型跟貨車司機有得拼。一雙大手出拳有力，兩條粗腿飛踢無敵，一顆大腦袋能把人撞翻，一個大屁屁可把人壓扁。就連老師也對她敬畏三分，廁所隔間中的柔伊怕得直發抖。

「裡面沒人。」柔伊說。

我怎麼會說這種蠢話？她馬上就反悔了。這番話根本是此地無銀三百兩，裡面無庸置疑、百分之百有人。

只要柔伊不開門，就不用面對險峻的局勢。所以她暫時是安全……

「馬上給我滾出廁所，不然我就要把門撞破囉！」田娜威脅道。

老天爺啊。

9 一隻鞋

柔伊旋即把阿米蒂奇塞回夾克口袋。

「我只是在撒尿啦！」柔伊說。然後她噘起嘴吹氣，發出一種很可悲的聲音，希望聽起來像是水流進馬桶。結果卻像蛇吐舌頭時發出的聲音。

「噗呲呲……」

想當然爾，柔伊希望這麼一來，田娜會相信她只是在上廁所，而不是拿麵包三明治餵一隻長尾巴的齧齒動物。

接著，柔伊深呼吸，把廁所的門打開。田娜低頭瞪著柔伊，那固定的兩個小跟班也依舊是她的左右護法。

「哈囉，田娜。」柔伊用比她平常高幾個八度的嗓音說。努力裝無辜的她，覺得自己現在的表情一定充滿罪惡感。

「哦，是妳啊！鋼牙妹，妳剛在跟誰講話？」田娜一邊質問，一邊把身子探進廁所隔間。

「跟我自己，」柔伊說。「我其實常在一號的時候自言自語……」

「什麼號？」

「嗯……撒尿的時候？好，那我要走了，我真的要去上歷史課了……」說到這裡，薑黃色頭髮的小女孩便試著穿過田娜和她的步兵。

「別急嘛，」田娜說。「廁所歸我跟我這幫姊妹管。我們把偷來的東西拿到這裡賣。所以說，如果妳沒打算跟我們買偷來的那隻運動鞋，就給我滾遠一點！」

「妳是說一雙運動鞋吧？」柔伊問她。

「不對。是一隻。店家只擺一隻在展示架上，所以偷一隻要比偷一雙容易得多。」

「嗯……」柔伊陷入沉思，不懂有哪個兩條腿的人類會只想買一隻鞋。

「給我聽著，黃毛妹，」校園小霸王接著說。「不准進我們的廁所。聽見了沒？把顧客晾在一邊，來跟妳講話，根本是傻子才會——」

「知道了，」柔伊咕噥道。「田娜，我很抱歉。」

「那就把錢掏出來，」田娜命令她。

「我哪裡有錢？」柔伊回答。她說的也是事實。她爸靠政府救濟好幾年了，所以她從沒領過零用錢。她走路上學的時候，還會在人行道上找銅板呢。有天她特別走運，居然在排水溝找到一張五英鎊的鈔票！鈔票溼答答又髒兮兮，但至少屬於她。興高采烈的她連跑帶跳地回家，中途不忘到拉吉的書報攤光顧，買了一整盒的巧克力要和家人分享。只不過，柔伊的爸爸還沒回家，她繼母就把每顆巧克力都嗑光了，就連難吃的櫻桃利口酒口味也不放過，最後還狼吞虎嚥地吃掉包裝盒。

「沒錢?少來了。」田娜開炮了。與其說開炮,倒不如說是口沫橫飛,總之聽她講話的人最後會落得一身口水。

「什麼意思?」柔伊問道。「我們住在同個社區,妳明明知道我身上沒現金。」

田娜嗤之以鼻。「妳總該有零用錢吧。每次都大搖大擺地走來走去,把這裡當妳家啊。姊妹們——給我拿下。」

小霸王宛如發條裝置,將我們的女主角團團包圍。兩名小嘍囉緊抓她的雙臂不放。

「啊啊啊!」柔伊痛得尖叫。她們用指甲插進她瘦弱的胳臂,田娜粗壯的髒手則開始在柔伊的口袋翻找。

柔伊的心臟開始怦怦直跳。阿米蒂奇正在她夾克的胸前口袋窩著睡覺,田娜肥嘟嘟的手指卻到處戳來戳去,再過幾秒就會摸到這隻小齧齒動物,而柔伊的學校生涯也會就此改變。

帶老鼠上學這麼尷尬的事,是永遠不會被人淡忘的。

之前學校辦了參觀鐵路博物館的校外教學，有個比她大幾歲的男生在搭長程巴士的途中對著窗外亮出光屁股。後來，全校每個人都管他叫作「毛屁屁」，就連老師也不例外。

田娜搶錢的手無可避免地來到柔伊胸前的口袋，時間彷彿慢了下來，然後疾速飛逝。她的手指伸了進來，戳到小可憐阿米蒂奇的鼻子。

「這是什麼？」田娜說。「有活生生的東西在黃毛妹口袋裡欸。」

阿米蒂奇肯定不喜歡別人拿肥嘟嘟的髒手指戳牠鼻頭，因為牠往她的手咬了一口。

「阿阿阿阿阿阿阿阿阿阿阿阿阿阿阿阿阿阿阿阿阿阿娘娘娘娘娘娘娘娘娘娘娘娘娘娘娘娘娘娘娘娘娘喂喂喂喂喂喂喂喂喂喂喂喂喂！！！！！！！！！！！！！！」田娜放聲尖叫。

她連忙從柔伊的口袋抽出手指，但阿米蒂奇還在她的指頭上懸盪，用牠的小尖牙緊咬不放。

「唉唉唉唉
唉唉唉唉唉唉
唉唉唉唉唉唉
嗃嗃嗃嗃嗃嗃嗃嗃
嗃嗃嗃嗃喂喂喂喂
喂喂喂喂喂喂喂喂喂喂
呀呀呀呀呀呀呀呀呀呀呀
呀呀～～～～～～～～～～」

校園小霸王尖叫道。

「有老鼠！」

10 矮冬瓜老師

「牠只是一隻老鼠寶寶。」柔伊跟田娜解釋著，試圖安撫她的情緒。她擔心小霸王會拿阿米蒂奇砸東西，害牠受傷。

田娜驚慌失措，一邊用力甩手，一邊繞著女廁跑。可是，老鼠寶寶說什麼也不肯鬆口。她的左右護法像雕像一樣愣在原地，她們的小腦袋瓜正努力搜索「老鼠咬手」的最佳解決方案。

果不其然，她們什麼點子都想不出來。

「不要動。」柔伊說。

田娜還是不停繞圈子狂奔。

「我叫妳**不要動**。」

似乎是震驚於薑黃色頭髮的小女孩突如其來的命令口吻，田娜停下來不再亂動。

像在和一頭發怒的熊打交道似的，柔伊小心翼翼地抓起田娜的手。「阿米蒂奇，你乖——」

她謹慎地將老鼠尖銳的門牙從女孩粗大的手指扳開。

「好了，」柔伊說話的口吻像是位剛幫小孩補完牙，弄得孩子有點疼的牙醫。「沒事了。嘖嘖，哪有那麼痛啊？」

「那個小@**$$$&!%^%！咬我！」田娜抗議，洩露自己很可能就是廁所門上髒話字串的作者。小霸王檢查自己的手指，發現指尖滲出了兩顆小血珠。

「田娜，這跟被針扎到沒兩樣嘛。」柔伊回答。

兩名小嘍囉伸長脖子想看個仔細，點頭表示同意柔伊的說法。這個舉動把田娜氣得火冒三丈，漲紅了臉，宛若即將火山爆發。

一時間現場陷入詭異且可怕的沉默。

我完了，柔伊心想。**她真的會把我斃了**。

接著，上課鐘聲響起。

「那我先告辭了，」柔伊表面風平浪靜、心裡暗潮洶湧地說：「我跟阿米蒂奇可不想歷史課遲到。」

「那玩意兒怎麼會取這個名字？」其中一名田娜的護法嘟囔著說。

「嗯，這說來話長，」柔伊說。她才不要告訴她們小老鼠是以馬桶命名的。「改天再說好了，先拜啦！」

驚嚇過度的三名惡霸來不及反應，沒能把她攔下。

她一手捧著這位小朋友，慢條斯理地走出女廁。一走出門口，她才發現其實自己一直屏氣，再不呼吸八成就要沒氣了。然後，她在阿米蒂奇的腦袋上吻了一下。

「你是我的守護天使！」她輕聲說完便小心翼翼地把牠放回胸前的口袋裡。

這時柔伊赫然驚覺田娜和她的黨羽可能會跟蹤她，於是頭也不回地加快

腳步。從悠閒漫步轉爲闊步，闊步又變成衝刺，不知不覺中，她已上氣不接下氣地坐著上歷史課，這門課是由米姬老師教的。由於歷史老師的個子出奇地矮，她得到「矮冬瓜老師」或「矮冬瓜」的綽號也是無可避免。

米姬老師
矮妖精
小仙子
小仙女
小妖精
小精靈

老師總是穿及膝皮靴，恨天高的鞋跟使她看起來比實際身高更矮。不過，米姬老師以凶殘的性格彌補了身高上的不足。她那一口牙拿去裝在鱷魚的嘴裡也不會有任何違和感，每當有學生惹她不高興——這種情況常常發生——她就會齜牙裂嘴。小朋友其實不用做什麼壞事就能激怒她，就連不由自主的一聲噴嚏或咳嗽，都會惹來這位嬌小但駭人老師的河東獅吼。

「妳遲到了。」米姬老師咆哮道。

「矮冬瓜老師，對不起。」柔伊不假思索地說。

完蛋了。

她的同學之中傳來幾聲竊笑，但更多人是嚇得倒抽口氣。柔伊太習慣背著歷史老師叫她「矮冬瓜老師」了，現在居然當著她的面說溜嘴！

「妳說什麼？」米姬老師質問她。

「我說『米姬老師，對不起』。」柔伊語無倫次地說。從女廁跑回教室所湧現的汗水如今從她的毛孔傾瀉而出。柔伊看起來就像淋了場傾盆大雨。

阿米蒂奇也不停蠕動身體，八成因爲他的新家夾克口袋一瞬間被熱熱的汗水浸溼。待在裡面一定像在洗三溫暖！柔伊偷偷把手伸到胸前，輕拍這位小朋友，安撫牠的情緒。

「再一次行爲不端，」米姬老師說：「我不只會把妳趕出教室，還要將妳從學校開除。」

柔伊倒吸一口氣。她才剛進這所大間學校，還不習慣惹麻煩上身。以前那所小學校，她一件錯事都沒做過，光是想到做錯事，她就嚇得心驚膽顫。

「好，現在回來上課。我們今天要繼續了解——黑死病！」米姬老師邊說邊寫板書，她伸長手臂、踮高腳尖，但只能搆著黑板的底。

事實上，寫板書對米姬老師來說是一大問題。有時候她會找一個小朋友，命令他雙手雙膝著地，跪在教室地上。

然後，這位身型迷你的老師就會爬到學生身上，這樣才能搆著黑板，擦掉上一堂課老師寫的板書。如果上一堂課的老師個子很高，又把板書寫得很高，那叫小朋友疊羅漢就好了。

「黑死病」沒有列在學校的課程大綱，但米姬老師還是照教不誤。據說有一年她的學生全班考試不及格，因爲關於維多利亞女王的生平事蹟她全都沒教，反而一整年都帶領全班細細品味中世紀各種千奇百怪、慘不忍睹的酷刑，像是把人吊死、淹死或五馬分屍。米姬老師專挑最駭人聽聞的歷史片段來教：砍頭、鞭笞、綁在火刑柱上燒死。只要提到任何殘忍、凶殘、野蠻的事，老師就會露出她鱷魚般的牙齒咧嘴笑。

事實上，這學期「黑死病」米姬老師教得欲罷不能。她陶醉其中，無法自拔。這也不意外就是了，畢竟這是人類史上最黑暗的時期之一，十四世紀有高達一億人口死於這個恐怖的傳染病。患者全身上下會長滿膿瘡，並吐血身亡。他們上節課學到釀成這場大浩劫的原因，僅僅是被跳蚤咬到。

「膿瘡長到有蘋果那麼大！想像一下。吐到沒東西可吐了，最後只能吐自己的血！墳墓挖得再快，都趕不上死人的速度！很不賴吧！」

小朋友聽了很害怕，全都瞠目結舌地望著米姬老師。這個時候，鬼夫校長沒敲門就直接走進教室，他的長外套在身後宛如斗篷飄動。坐在教室後排的調皮鬼，整節課都在傳簡訊，發現校長進門趕緊把手機藏進桌底。

「啊，鬼夫校長，什麼風把你吹來啦？」米姬老師滿面春風地打招呼。

「是要宣傳達人秀嗎？」

柔伊老早就懷疑米姬老師對校長情有獨鍾。同一天早上，柔伊穿過走廊，發現米姬老師正在張貼期末達人秀的海報。不用說也知道，那張海報貼在牆上極低的位置，大約是多數學童膝蓋的高度。安排這麼有趣的活動，實在不符合米姬老師的性格，柔伊猜想她這麼煞費苦心全是爲了取悅校長。鬼夫校長雖然外表跟吸血鬼一樣恐怖，但眾所皆知他對學校話劇這類的活動相當熱衷。

「早啊，矮冬瓜老師。啊，不是，我是說米姬老師……」就連鬼夫校長都情不自禁叫起她的綽號。

歷史老師頓時垮下一張臉。

「跟達人秀無關，不過謝謝妳記在心上。」

米姬老師再度眉開眼笑。

「是這樣的，」鬼夫校長聲音低沉。「恐怕這個話題要嚴肅得多。」

米姬老師再次笑容盡失。

「我要說的是，」校長說，「管理員在女廁找到……一顆……一顆糞便。」

11 黑死病

聽到校長用「糞便」這個字眼，教室裡的小朋友，除了柔伊以外，全都此起彼落地竊笑。

「校長，有人在廁所地板上大便嗎？」一個男生笑著問。

「不是人的糞便！是動物的糞便！」校長吼道。「科學召集人邦森老師正在化驗，看看出自什麼動物。不過我們懷疑『屎』作俑者是某種齧齒動物……」

阿米蒂奇蠕動身體，柔伊倒抽一口氣。肯定有顆老鼠屎神不知鬼不覺地掉在廁所地板了。

阿米蒂奇，拜託你千萬別亂動啊，柔伊施展念力。

可惜阿米蒂奇不會讀心術。

「假如有哪個學生自作聰明，以為可以把寵物帶來學校，我只能說你大錯特錯。門都沒有！」校長在教室前方宣告。

看到兩位身高差距這麼大的老師站在一起，場面十分滑稽。

「只要有學生被人發現偷帶任何動物進校園，我們就會立刻將他勒令停學。今天就講到這裡！」語畢他便轉身離開教室。

「講得多麼鏗鏘有力啊！鬼夫校長再見——！」米姬老師在他身後呼喊。她依依不捨地目送他離開，再轉身面向學生。「好了，你們都聽見柯林，我是說鬼夫校長說的話了。萬萬不可帶寵物進校園。」

小朋友紛紛環顧四周，開始竊竊私語。

「帶寵物進校園？」柔伊聽到他們的對話。「誰會那麼蠢啊？」

柔伊盡全力保持坐著不動，沉默地瞪視前方。

「安靜！」米姬老師咆哮道，教室立刻鴉雀無聲。「我可不是給你們機會聊天！現在回來上課。黑死病！」她在黑板上這三個字底下劃線。

「那麼，這個極其致命的疾病究竟是怎麼大老遠地從中國傳來歐洲？有人知道嗎？」老師頭也沒回地提問。她這種老師專愛發問又不想聽答案，所以拋出問題的下一毫秒，她就自己回答了。

「沒人嗎？這種要人命的疾病是經由老鼠傳染的。搭上商船的老鼠。」

柔伊發覺阿米蒂奇已不再蠕動，於是鬆了一口氣。想必牠睡著了。

「但這不是老鼠的錯吧？」柔伊連手也沒舉就脫口而出。她不敢相信這隻老鼠寶寶的曾曾曾曾曾曾曾曾祖父要為這天大的苦難負責。阿米蒂奇這麼可愛，不可能害人。

米姬老師腳踏著恨天高，雖然鞋跟很高，但她還是連中等身高都搆不著邊，她轉過身子。「小朋友，剛剛是妳在說話嗎？」她像是巫婆唸咒語似地輕聲說。

「對，對……」柔伊語無倫次地回答，暗自責怪自己沒管好嘴巴。「米姬老師，不好意思，我只是想要表達妳不該把這麼慘重的傳染病全怪在老鼠

頭上。事實上，要怪就怪跳蚤，誰教牠們跳到老鼠背上搭便車，牠們才是罪魁禍首……」

如今全班同學都不可置信地盯著柔伊。儘管這所學校的學生性情驃悍，老師常常得神經衰弱地離校，但從沒有人敢打斷米姬老師說話，更沒有人挺身而出，爲老鼠辯護。

教室陷入一片死寂。柔伊環顧四周。教室裡的每雙眼都死命瞪著她，女生大多面露嫌惡，大部分的男生則是譏笑。

就在這個節骨眼，柔伊突然覺得自己的頭好癢。癢到極點，前所未有的癢。一言以蔽之，是史上最癢。

到底是怎麼回事……？她很納悶。

「柔伊？」米姬老師老師專注地看柔伊頭癢的部位，語帶譏諷地說。

「老師，怎麼了嗎？」柔伊非常無辜地問。

「有老鼠爬到妳頭上……」

12 立刻勒令停學

學生時期你可能經歷什麼最慘的遭遇？

早上抵達學校，穿過操場時才發現你除了制服領帶，全身上下一絲不掛？

考試太緊張，怕答案寫錯，胃部翻騰，結果狂拉肚子？

你在足球賽中射門得分，興奮地繞場狂奔，親吻每位隊友，後來體育老師跟你說那是一顆烏龍球，你射進自家球門了？

上歷史課翻開族譜尋根，
居然發現你跟校長是親戚？

你在校長面前一連打了好幾個
噴嚏，害他從頭到腳都覆滿你的口
水和鼻涕？

你記錯學校化妝舞會的日期，結果一整天都穿得跟女神卡卡一樣在校園走來走去？

你在學校話劇表演莎士比亞經典名劇《哈姆雷特》，講到「生存還是毀滅……」這句台詞時，你姑媽從觀眾席衝上台，朝面紙吐了一口口水往你臉上抹？

比賽結束，你脫掉運動鞋，
傳來一陣發霉起司的味道，
濃到整所學校必須
關閉一星期，
進行煙熏
消毒？

午餐時間，你在學校餐廳吃
了太多茄汁焗豆，然後放了一個
臭屁，整個下午都揮之不去？

你把老鼠藏進夾克口袋，偷帶進校園，結果牠在課堂上爬到你頭上？

發生以上任何一種情況，你都能榮登惡名昭彰的學生黑名單。你成名了沒錯，但都不是因爲什麼好事。經過這起「老鼠爬上頭」事件，柔伊將要永遠掛名「丟臉」排行榜了。

「有老鼠爬到妳頭上。」米姬老師複述。

「老師，眞的嗎？」柔伊裝無辜。

「別擔心，」米姬老師說。「乖乖坐著不要動，我們去找管理員。他一定有辦法滅鼠。」

「滅鼠？不可以！」柔伊把手伸到頭上，從她更加粗硬雜亂的紅髮中拾起這隻齧齒動物，再放在自個兒面前。她周圍的小朋友嚇得從椅子上跳起來，離她遠遠的。

「柔伊……妳認識這隻老鼠嗎？」米姬老師問道。她顯然起了疑心。

「嗯……不認識。」柔伊說。

說時遲，那時快，阿米蒂奇爬上她的手臂，再鑽進她的胸前口袋。

柔伊低頭看牠。「呃……」

「老鼠是不是剛鑽進妳的口袋？」

「沒啊。」柔伊睜眼說瞎話。

「事實擺在眼前，」米姬老師說：「這隻噁心的畜牲是妳的寵物。」

「阿米蒂奇才不是什麼噁心的畜牲咧！」

「阿米蒂奇？」米姬老師反問道。「怎麼給牠取這個名字？」

「老師，這說來話長。聽我說，既然牠已經平安回到我的口袋了，那就請妳繼續上課吧。」

她這番若無其事的回答把老師跟其他同學嚇得目瞪口呆，有那麼一會兒，沒人知道該怎麼接話或作何反應。周圍安靜得彷彿聾了般，但沒有持續太久。

「剛才校長說的妳都聽到了，」米姬老師咆哮道。「立刻勒令停學！」

「可是可是可是，我可以解釋……」

「**給我滾**！妳這個可惡的壞學生，滾出我的教室，把那隻討人厭的動物也給帶走！」老師咆哮道。

柔伊誰也不敢多看一眼，默默收拾筆和課本，然後放進塑膠袋。她把椅子往後挪，椅子摩擦著光亮的地板，發出吱嘎響。

「不好意思，」柔伊沒針對特定對象道歉。她躡手躡腳地走向門口，把手搭在門把……

「我說『立刻勒令停學』！」米姬老師嚷道。**「這一整個學期我都不想見到妳！」**

「嗯……那就再見囉……」柔伊不曉得該說什麼，只好向師生道別。

她緩緩打開教室的門，再把門輕輕帶上。走廊上的她可以看見毛玻璃的另一面有三十張扭曲的小臉，貼著玻璃窗目送她離開。

現場一度鴉雀無聲。

後來，當小女孩在走廊上邁開步伐，教室傳來一陣震天響的笑聲。米姬老師對學生嚷道：**「安靜！」**

學生都在教室上課，學校變得出奇寧靜。柔伊唯一聽見的是自己輕柔的腳步聲在走廊上迴蕩，當然還有她破爛的鞋底在劈啪響。有那麼一時半刻，剛才發生的那齣鬧劇似乎變得極其遙遠，彷彿是在別人的生命上演。學校變得前所未有地詭異空無，彷彿這一切只是一場夢。

然而，如果這是暴風雨後的寧靜，寧靜的氛圍並沒有持續太久。午休的鐘聲響起，教室的門宛如水壩洩洪似地全都猛然開啓，學童一窩蜂地湧現。柔伊加快腳步，她很清楚她在歷史課老鼠爬上頭的消息會像瘟疫一樣迅速蔓延。柔伊必須離開學校，而且動作要快……

13 伯特漢堡

柔伊很快便發現自己在狂奔，可是她的那雙小短腿哪裡跑得過高個子的高年級生。這些人橫衝直撞，一下子就超越了她。他們爭先恐後，誰都想在漢堡餐車前排第一個，買午餐塡飽肚子。

柔伊一手掩護阿米蒂奇。她之前在走廊都不知被撞倒過幾回了，好不容易來到相對安全的操場上。她頭壓得低低的，希望別被任何人認出來。

問題是，只有一條路能從操場通往大馬路。每天都有同一輛骯髒破爛的漢堡餐車停在校門口，車身上醒目地印著「伯特漢堡」。雖然餐車賣的食物很難吃，但學校餐廳提供的正餐更令人難以下嚥，所以大多數的學生選擇比較不噁心的選項，在餐車外排隊買午餐。

伯特的長相跟他賣的漢堡一樣令人倒胃口。自稱爲「大廚」的他總是穿著同一件髒兮兮的條紋上衣和油脂都結塊了的牛仔褲，低腰褲卡在他大肚腩底下。上衣外還套了件難看的工作服。男人的雙手沒有一天不髒的，他那抹布般的厚重頭髮上覆滿了爆米香大小的頭皮屑，就連他的頭皮屑也能生出小頭皮屑。每當他彎下腰，頭皮屑就如雪花般飄進深油炸鍋，噴濺得嘶嘶作響。伯特的鼻子老是呼哧呼哧響，像隻在爛泥巴裡抽鼻子的豬。從沒有人看過他的眼睛，因爲他總是戴著漆黑的墨鏡。只要他一開口講

話，嘴裡的假牙就會咯咯響，導致他不由自主地發出口哨聲。學校謠傳這副假牙曾經從他嘴裡掉進一個麵包捲。

伯特的漢堡餐車賣的食物乏善可陳：

麵包捲夾漢堡　79便士

只有漢堡　49便士

只有麵包捲　39便士

餐車還沒得到任何星級評鑑。它提供的餐點只有在你餓到極點的時候，才勉強能夠下嚥。你得多付五便士才能得到一點番茄醬，只不過它無論看上去或嚐起來都不像番茄醬——褐色的一坨，裡面還有小小的黑色顆粒。你抱怨的話，伯特只會聳聳肩，嘴巴漏風地咕噥道：「親愛的，這是我的獨家祕方。」

令柔伊膽寒的是，田娜．多刺人已在那裡，排在隊伍的最前方。要是她沒翹課，肯定也會脅迫別人讓位，自己好排第一個。

柔伊瞧見她之後，頭壓得更低，眼裡只能看見柏油碎石路。不過她的頭顯然還沒低到別人認不出。

「**老鼠女！**」田娜大叫。柔伊抬起頭，發現長長一排學生全都在看她。她的同班同學有的也在隊伍中，他們全都對她指指點點、譏笑奚落。

沒過多久，彷彿全校都在取笑她。

「**哈哈哈哈**哈哈哈哈哈哈哈哈哈哈哈哈哈哈哈哈哈哈哈哈哈哈哈哈哈哈哈哈哈哈哈哈！！」

柔伊從沒聽過這麼冷酷的笑聲。她一度抬起頭，只見幾百雙小眼正盯著她瞧，但唯有伯特的身影，他在餐車上弓著背，面孔深深吸引柔伊。他的鼻子在抽動，一大滴黏呼呼的口水從他的嘴角滴進田娜的麵包捲……

柔伊有家歸不得。

她的繼母在家一邊看晨間電視節目，一邊抽菸和狂嗑雞尾酒鮮蝦洋芋片。要是柔伊老實說她被勒令停學的原因，那肯定沒辦法把阿米蒂奇留下來，吸辣很可能直接處決牠。刑具正是她粗壯的大腳，然後柔伊就得從繼母毛茸茸的粉紅色拖鞋鞋底把牠給剝下來。

柔伊在腦中飛快盤算著她的選項：

一、跟阿米蒂奇展開亡命生涯，仿傚鴛鴦大盜邦妮和克萊德搶劫銀行，成為家喻戶曉的一號人物。

二、人鼠雙雙整型，「改頭換面」後跑到沒人認識他們的南美洲，在那裡定居。

三、跟她的爸爸和繼母說這週學校舉辦「認養齧齒動物」的活動，他們一點都不用操心。

四、宣稱阿米蒂奇不是一隻眞的老鼠，而是她在科學課運用電子動畫技術做的。

五、表示她爲情報局服務，正在執行某項極機密的諜報任務，所以必須培訓這隻齧齒動物。

六、給阿米蒂奇找一頂白色帽子，再把牠塗成藍色，假裝他是藍色小精靈玩具。

七、用她繼母波霸尺寸的胸罩做兩個熱氣球，一大一小，從屋頂升空，飛到另一個郡。

八、劫持一輛電動代步車，全速逃往安全的地方。

九、發明並打造一台「物質消失機」，用光朝她自己和阿米蒂奇照射，從這個危險的世界消失[6]。

十、到拉吉的書報攤，先吃點糖果再說……

果不其然，柔伊選了最後一個選項。

「柔伊小姐，是妳啊！」她推開店門，拉吉高聲歡迎。進門的時候，門

6 過程可能有點複雜，難以實現。

鈴響了。

叮咚。

「柔伊小姐，妳現在不是應該在學校嗎？」拉吉問她。

「你說得對。」垂頭喪氣的柔伊輕聲嘀咕。她感覺自己的淚水快要奪眶而出。

拉吉趕緊從櫃台後方出來，給這個薑黃色頭髮的小女孩一個擁抱。

「小姑娘，怎麼啦？」他一邊問，一邊把她的頭壓在他好躺的大肚腩上。已經很久沒人抱過柔伊了。可是，不幸的是，她的牙套卡在他的羊毛衫上，一度和他難分難解。

「老天爺啊，」拉吉說。「我先把自己解開哦。」他輕柔地將羊毛衫從金屬牙套剝開。

「拉吉，對不起。」

「柔伊小姐，沒關係。好，跟我說，」他言歸正傳。「到底怎麼啦？」

柔伊深吸一口氣，然後言簡意賅地說：「我被勒令停學了。」

「不會吧？妳這麼乖的小孩。我不相信！」

「是眞的。」

「怎麼會呢？」

柔伊覺得話說的再多倒不如以實際行動展示給他看，於是把手伸進胸前的口袋，掏出她的老鼠。

「啊啊啊啊啊啊啊啊啊啊啊啊啊啊啊啊啊啊啊啊啊啊啊啊啊啊啊啊啊啊

啊啊啊啊啊啊啊啊啊啊啊啊啊啊啊啊啊啊啊！！」拉吉驚聲尖叫。

他倉皇奔逃，爬上櫃台，站在上面顧著尖叫了好一會兒。

「啊啊啊啊啊啊啊啊啊啊啊啊啊啊啊啊啊啊啊啊啊啊啊啊啊啊啊啊！！

「啊啊啊啊啊啊啊啊啊啊啊啊啊啊啊啊啊啊啊啊！！」

「柔伊小姐，我不喜歡家鼠。拜託妳，柔伊小姐，妳行行好。拜託。算我求妳了。把牠弄走。」

「拉吉，你別擔心。牠不是家鼠。」

「不是嗎？」

「牠是野生的老鼠。」

接著拉吉的眼珠從眼窩裡鼓出來，他發出一聲直穿腦門的尖叫。

「啊啊啊啊啊啊啊啊
啊啊啊啊啊啊啊啊啊啊啊啊啊啊啊
啊啊啊啊啊啊啊啊啊
啊啊啊啊啊啊啊啊啊啊啊啊啊啊啊
啊啊啊啊啊啊啊啊啊
啊啊啊啊啊啊啊啊啊啊啊啊啊啊啊
啊啊啊啊啊啊啊啊啊

啊啊啊啊啊啊啊啊啊啊
啊啊啊啊啊啊啊啊啊啊
啊啊啊啊啊啊啊啊啊啊
啊啊啊啊啊啊啊啊啊啊啊啊啊
啊啊啊啊啊啊啊啊啊啊啊啊啊
啊啊啊啊啊啊啊啊啊啊啊
啊啊啊啊啊啊啊啊啊啊啊啊啊
啊啊啊啊啊啊啊啊啊啊
啊啊啊啊啊啊啊啊啊啊啊啊啊啊
啊啊啊啊啊啊啊啊啊啊啊

啊啊啊！！！！！！！！！！！！！！！！！！！！！！！！」

14 天花板上的鼻屎

「不要啊，不要，妳行行好，」書報攤老闆哀求道。「人家不喜歡，人家不喜歡啦。」

叮咚！

一個老太太走進店裡，困惑地抬起頭，望著櫃台上手足無措的書報攤老闆。拉吉緊抓著自己的腿上的褲子，稀疏的頭髮嚇得倒豎，又驚又恐的他正用一雙大腳笨拙地踩踏所有的報紙。

「啊，班奈特太太，妳好，」拉吉用顫抖的嗓音說。「妳的《每日編織》已經放在架上，下次再付錢給我就好了。」

「你站在櫃台上到底在幹什麼啊？」老太太相當理智地詢問。

拉吉望向柔伊。她偷偷把一根手指擱在唇上，求他不要洩密。她不想讓任何人知道她養了隻老鼠，不然消息很快就會傳遍整個社區，也會傳到她那令人聞風喪膽的繼母耳裡。可是，不幸的是，拉吉這個人很不會說謊。

「嗯，嗯，這個嘛……」

「我剛買了跳跳糖，」柔伊連忙插話解圍。「就是會彈跳的糖果啊。這種糖曝露在陽光下超容易爆炸。我一把包裝打開，就灑得整間店都是。」

「是的，是的，柔伊小姐，」拉吉附和道。「這個事件令人深感遺憾，畢竟距離我上次重新粉刷店鋪才不過十五年的時間。我只是想辦法從天花板摘下跳跳糖啦。」

拉吉無意間發現天花板上一顆特別難刮除的塵土，於是開始用摳的。

「我說班奈特太太啊，跳跳糖到處都是哦。麻煩妳下星期付我錢囉……」

老太太懷疑地白了他一眼，然後仰望天花板。「那哪是跳跳糖啊，那是一坨鼻涕。」

「不不不，班奈特太太，妳誤會了。不信妳看——」

拉吉雖然心裡千百個不願意，還是把他很久以前打噴嚏飛到天花板的鼻屎，用指甲摳下來，然後扔進嘴巴。

「啪！」他令人難以信服地補了一句。「哦，我愛死跳跳糖了！」

班奈特太太看書報攤老闆的眼神彷彿他病得不輕。「我愈看愈覺得那是一坨鼻涕。」她嘴裡犯嘀咕，然後離開店舖。

叮咚。

拉吉趕忙吐出那坨陳年鼻屎。

「聽我說，這個小傢伙不會傷害你的。」柔伊說。她將牠輕輕掏出口袋。拉吉小心翼翼地爬下櫃台，緩步靠近他最可怕的夢魘。

「牠只是個小寶寶。」柔伊語帶鼓勵地說。

拉吉很快就和這隻齧齒動物視線齊平。

「這個嘛，牠的模樣確實特別可愛。瞧瞧牠小不隆咚的鼻子，」拉吉露出和藹可親的笑容說。「牠叫什麼名字？」

「阿米蒂奇。」柔伊自信滿滿地說。

「怎麼會叫這個名字？」拉吉問。

用馬桶品牌幫寵物命名的柔伊覺得難爲情，輕描淡寫地說：「哦，這說來話長。你就摸摸看牠嘛。」

「不要！」

「牠不會傷害你的。」

「妳確定……」

「我保證。」

「過來吧，小阿米蒂奇，」書報攤老闆輕聲說。

老鼠蠕動著靠近拉吉，準備讓這個面露懼色的男人摸。

「啊啊啊啊啊！牠過來啦！」拉吉大喊，邊叫邊揮舞雙臂，奪門而出——

叮咚。

柔伊也跟著衝出店門，只見他跑到街上的半途，速度快到能跟奧運短跑金牌選手一較高下。

「回來啊！」她呼喚道。

拉吉止步轉身，邁開沉重艱難的步伐勉爲其難地穿過商店街，回到自己的書報攤。等他終於踮著腳尖走完通往女孩和老鼠的最後幾步路，柔伊開口說：「牠只是想跟你打招呼啦。」

「不了、不了，不好意思，可是牠靠太近了。」

「拉吉，別要孩子氣了。」

「好啦，抱歉。牠眞的很可愛。」

拉吉深呼吸，用輕到不能再輕的力道伸手摸阿米蒂奇一下。「外面好冷哦，我們還是帶牠回店裡吧。」

叮咚。

「拉吉，我該怎麼處置牠呢？我的繼母不會讓我在家裡養的，更何況就是因爲這位小朋友，我才被勒令停學。那個女人恨透我的倉鼠了，再過一百萬年，她都不會答應讓我養老鼠的。」

拉吉思索片刻。爲了集中注意力，他往嘴裡塞了顆超涼薄荷糖。

「或許妳該把牠放生。」最後書報攤老闆如是說。

「放生？」柔伊的眼裡湧現一顆淚珠。

「對。野生的老鼠本來就不適合當寵物……」

「可是這個小傢伙超可愛的……」

「話是這麼說沒錯，但小傢伙也會長大的。牠總不能一輩子都住在妳的夾克口袋吧。」

「可是，拉吉，我愛牠。我眞的愛牠。」

「柔伊小姐，我知道，」拉吉邊說邊嘎吱響地咀嚼超涼薄荷糖。「但是如果妳愛牠，就該把牠放生。」

15 十公噸的大卡車

那麼，道別的時刻到了。柔伊在內心深處很清楚，她養不了阿米蒂奇多久了。養不成的理由有千百種，但說到底，主因還是：

牠是一隻老鼠。

小孩不養老鼠當寵物的。他們養貓、養狗、養倉鼠、養沙鼠、養天竺鼠、養家鼠、養兔子、養水龜和養陸龜，有富爸爸的還能養小馬，但絕不會有人養野生的老鼠。野鼠的家在下水道，而不是在小女孩的臥室。

柔伊慘兮兮地踏著沉重的步伐走出拉吉的店。這位書報攤老闆雖然有時候試圖向他的顧客兜售吃掉一半的巧克力棒，或把含過的太妃糖放回糖果罐，但地方上的小朋友都知道只要遇到什麼問題，找他就對了。

而這意味著她必須和阿米蒂奇告別了。

於是，柔伊刻意繞遠路，穿過公園再回家。依她看，這裡是把小阿米蒂奇放生的完美地點。有人會來餵鴨，而鴨沒吃完的麵包屑就可供牠吃；也有池塘的水能讓牠飲用，說不定還能偶爾泡個澡；說不定牠還能跟一兩隻松鼠當上朋友，起碼有一天能變成點頭之交。

在最後一段旅程中，小女孩一路把小老鼠捧在掌心。正值午後三四點，公園冷冷清清，只有幾個老太太被狗牽著走。阿米蒂奇將尾巴圈住她的拇指。彷彿嗅到什麼不對勁似的，牠用小指頭緊抓住她不放。

舉步唯艱的柔伊終於抵達公園的正中央。她停下腳步，離狂吠的犬隻、嘶嘶叫的天鵝，還有咆哮的公園管理員好一段路。她慢慢蹲到地上，把掌心攤開。阿米蒂奇一動也不動，好像捨不得跟這位新朋友分開。牠依偎著她的手，這舉動看得柔伊都要心碎了。

柔伊輕輕甩手，但牠只是用尾巴和腳趾扣得更緊。她強忍著淚水，輕輕

拽起老鼠頸背的毛髮，把牠拎起來，再小心翼翼地擱在草地上。阿米蒂奇仍舊絲毫不動，只是流露嚮往的眼神抬頭看她。柔伊跪下來，朝牠的小粉紅鼻輕輕一吻。

「小朋友，再見啦，」她低聲說。「我會想念你的。」

一滴淚奪眶而出，落在阿米蒂奇的鬍鬚。牠伸出粉紅色小舌頭舔去。

小老鼠把腦袋歪向一側，彷彿試著聽懂她說的話，這舉動只是讓柔伊更依依不捨。

事實上，道別的傷痛令她無法承受。柔伊深吸一口氣，然後起身，答應自己說什麼都不要回頭。不過這項承諾只持續了十幾步路，她還是情不自禁地偷瞄最後一眼，回望剛才將老鼠放生的地點。令柔伊吃驚的是，阿米蒂奇已經不見了。

牠一定是逃到灌木叢躲起來了，她揣想著。她在附近的草地搜索動靜，可是草很長、老鼠很矮，除了微風徐拂草尖以外，草地一片寂然。柔伊只好掉頭，心不甘情不願地回家。

她離開公園，再過馬路。這兒一度聽不見嘈雜的車聲，柔伊覺得自己好像在寂靜中聽到微弱的一聲「吱吱」，於是猛一轉頭，在馬路中央發現阿米蒂奇的蹤影。

原來一路走來，牠都一直跟著沒離開。

「阿米蒂奇！」她興奮地驚呼。牠不想被放生，牠想和她在一起！她開心極了。打從拋下牠的那一刻起，她就不斷想像各種悲慘的情節，像是阿米蒂奇被哪隻邪惡的天鵝一口吞了，或者晃到馬路上，被十公噸的大卡車撞。

說時遲那時快，有個東西轟隆隆的，沿著馬路駛向阿米蒂奇，可是小老鼠依然很悠哉地蹦蹦跳跳奔向柔伊。

那是——一輛**十公噸**的大卡車。

柔伊嚇傻了，她呆站在原地，眼睜睜地看著疾駛的卡車愈來愈逼近阿米蒂奇。駕駛肯定不會發現馬路上有隻老鼠寶寶，到時候阿米蒂奇會被輾平，頂多成了柏油碎石路上一塊溼溼的印子……

「不不不不不不不不不要要要要要要要要要啊啊啊啊啊啊啊啊啊！！！」柔伊驚呼，但卡車還是轟隆隆的繼續向前開。她實在無能爲力。

阿米蒂奇往卡車那頭望，發現自己惹上麻煩，開始在馬路上慌張地來回跑。小老鼠嚇得手足無措。然而，要是柔伊貿然衝上馬路，她自己也會被輾成肉餅的！

太遲了。卡車呼嘯而過，從牠身上輾過去——柔伊用手摀住雙眼。

轟轟轟轟轟轟轟轟轟轟轟轟轟轟

隆隆隆隆隆隆隆隆隆隆隆隆隆隆

隆隆隆隆隆隆隆隆隆隆隆隆隆隆

轟轟轟轟轟轟轟轟轟轟轟轟轟轟轟轟
隆隆隆隆隆隆隆隆隆隆隆隆隆隆隆隆隆
隆隆隆隆隆隆隆隆隆隆隆隆隆隆隆隆
轟轟轟轟轟轟轟轟轟轟轟轟轟轟轟轟轟
隆隆隆隆隆隆隆隆隆隆隆隆隆隆隆隆
隆隆隆隆隆隆隆隆隆隆隆隆隆隆隆隆隆
！！！！！！！！！！！！！！！！！

直到聽見卡車的引擎在遠方漸漸消失，柔伊才敢再度睜眼。

她在馬路上尋找溼溼的印子。

可是遍尋不著。

令人始料未及的是，她竟找到了——阿米蒂奇！或許有點受驚，可是活得好好的。貨車巨大的輪胎肯定沒輾到牠。

柔伊先是左顧右盼，確定沒有來車，再奔向馬路，一把將牠抱起。

「我再也不會拋下你了。」柔伊緊摟著牠說。阿米蒂奇也輕輕「吱」了一聲，表達牠的愛意……

16 黑莓灌木

大自然處處都能創造生機。連接大馬路和柔伊居住社區的那條惡臭小巷，儘管洋芋片包裝袋和空的啤酒罐隨處可見，但其中依舊傲立了一小叢黑莓灌木。柔伊愛死黑莓了，因爲它們就像免費的糖果。她相信阿米蒂奇也一定會喜歡。她摘了一顆大的給自己，一顆小的給小毛孩。

柔伊小心翼翼地把老鼠寶寶擱在牆上，再把黑莓放進口中，津津有味地嚼了起來，還不忘發出誇讚的嘖嘖聲。阿米蒂奇則在一旁觀望。接下來，她用拇指和食指夾住那顆小黑莓，再伸向阿米蒂奇。牠一定是餓了，竟然慢慢用後腳直立，迎接黑莓。

這下柔伊可樂了。老鼠以兩隻前爪接過黑莓，小口小口貪心地咬。結果三兩下就吃光了。很快地，牠用渴望另一顆黑莓的眼神看向柔伊，於是她從灌木上又摘一顆，放在牠的鼻頭上。阿米蒂奇毫不遲疑，再次以後腳站立。柔伊隨意移動黑莓，牠也用後腳直立到處跟著走，像在跳舞似的。

「你眞有才華！」柔伊邊讚美邊餵牠吃黑莓。牠這回還是一樣貪吃，柔伊則輕撫牠的頸背。「乖孩子！」

其實她內心澎湃激昂。看樣子阿米蒂奇是個可造之材！更令她喜出望外的是，牠好像也想要接受訓練，而且比薑汁餅乾更快懂得要用後腳站立……

沒過多久，柔伊便以她最快的速度，從灌木摘下許多黑莓。跟當初對待薑汁餅乾一樣，她開始將一些把戲傳授給阿米蒂奇。例如：

用後腳走路。

跳來跳去。

單腳跳。

揮手。

跳舞。

黑莓灌木沒多久就被摘禿了，而阿米蒂奇似乎也吃得很撐、練得很累。柔伊知道該適可而止了。她飛快將牠摟進懷裡，吻了一下牠的鼻頭。

「阿米蒂奇，你眞神奇！以後我們同台表演的話，這就是我給你取的藝名。神奇的阿米蒂奇！」

柔伊三步併作兩步地穿過狹巷。她的心在舞動，腳步也跟著雀躍。直到抵達社區，柔伊的步伐才停止雀躍。她不只得跟繼母說她被勒令停學，還必須想出什麼理由向她解釋來龍去脈。

今天這整場鬧劇只是給繼母藉口把活在人間煉獄的她，整得更生不如死。更慘上百萬倍的是，這樣繼母就有理由終結小老鼠的生命。一條才剛誕生的性命。

柔伊走近巍峨但傾斜的高樓時，嗅到了不尋常的味道。伯特的漢堡餐車竟然停在她家那棟公寓大樓的正前方。母親去世以後，她在這裡住了麼多年，一次也沒看過那台廂型車在這裡出沒。它只在校門口停過。

那台車開來這裡幹什麼？她百思不得其解。

即使還有一段距離，油炸肉排的味道仍令她反胃。無論柔伊肚子有多餓，她從沒買過伯特餐車的漢堡。光是那股惡臭，就足以讓她嘔吐物噴發了。番茄醬感覺也很不對勁。她經過廂型車，這才發覺車子髒到多噁心的境界——就連車上的塵垢都是髒的。柔伊用食指劃過車身，結果有一吋厚的爛泥污漬從她手上脫落。

她暗忖道：**大概伯特搬來這棟公寓了吧**。不過她暗自祈禱這個假設不會成眞，因爲他這個人陰陽怪氣到了極點。伯特恐怖到鬼看到他都會害怕。

她家的小公寓在很高的三十七樓，但電梯總是臭氣薰天。進電梯以後，你得屏住呼吸，可是要保持憋氣到三十七樓也不容易。所以柔伊總是爬樓梯。阿米蒂奇安全地躺在她的夾克口袋，她每走一階，就能感覺牠小身體的重量和她的胸膛碰撞。她愈往高層爬，喘息聲就愈大。樓梯上扔了各式各樣的垃圾，菸蒂和空瓶隨處可見。其實樓梯間味道也很臭，但至少沒電梯那麼難聞，而且不是在密閉空間。

一如往常，等柔伊抵達三十七樓，她整個人已上氣不接下氣，像條狗似地不停喘氣。柔伊在大門前杵了一會兒，先歇口氣再拿鑰匙開門。毋庸置疑的是，鬼夫校長已打電話給家長，告知他們女兒被停學的消息。柔伊很肯定，要不了幾秒鐘，她的繼母就會大發雷霆，而且比地獄惡犬還要凶狠。

柔伊靜悄悄地轉開門鎖，不情願地把破損的門給推開。雖然她的繼母很少踏出家門半步，但今天電視沒開，柔伊也沒聽見屋裡有人聲。於是她躡手躡腳，穿過走廊、走向臥室。她小心翼翼，不敢在木頭地板上製造吱嘎響。她轉開臥室的門把，一腳踏進房門。

只見有個怪人站在她的臥室，面向窗外。

「啊啊啊啊啊啊啊！！！！！」

柔伊驚聲尖叫。

然後，男人轉過身子。

是伯特。

17 「我聞到老鼠的味道！」

「我聞到老鼠的味道！」伯特嘴巴漏風地說。

原來他不是伯特。等等，他是伯特沒錯，只是用馬克筆非常拙劣地在臉上畫了八字鬍。

「你來我房間到底想幹什麼？」柔伊問他。「還有，你幹麼在臉上畫八字鬍啊？」

「親愛的，我的八字鬍如假包換。」伯特說。他講話的時候呼吸沉重。他的嗓音和長相很搭軋——兩者感覺都像會在恐怖片出現。

「最好是啦，明明是你用畫的。」

「哪有啊？」

「明明就有，伯特。」

「小鬼，我不是伯特。我是伯特的雙胞胎弟弟。」

「那你叫什麼名字？」

伯特思忖片刻。「伯特。」

「你媽生了一對雙胞胎，兩個都取名叫『伯特』？」

「我家境清寒，沒錢取兩個名字。」

「你這個變態！滾出我房間就對了！」

這時柔伊突然聽見繼母踏著轟隆響的步伐穿過走廊。「不准妳跟這位除蟲滅鼠的先生這樣沒大沒小！」她一邊步履蹣跚地進房，一邊尖聲喊道。

「他才不是什麼除蟲滅鼠的咧，他的工作是賣漢堡！」柔伊表示抗議。

伯特面露賊笑，站在她倆中間。無法看到他的眼神，因爲他戴著那副鏡片延伸到臉部兩側、深到不能再深的油墨色墨鏡。

「傻丫頭，哩（妳）瘋言瘋語個什麼勁啊？他是專門捕鼠的。」柔伊的繼母吼道。「對吧？」

伯特默默地點頭微笑，露出滿口尺寸不合的假牙。

小女孩一把抓住繼母布滿刺青的粗壯手臂，領她到窗邊。

「不信妳看他的廂型車！」她宣告。「跟我說車身上寫了什麼！」

吸辣從沾滿污垢的窗戶俯視停在樓下的車。「伯特除蟲滅鼠公司。」她唸出聲。

「什麼？」柔伊說。

她抹掉窗戶的部分污漬，凝望窗外。這女人沒說錯，確實是除蟲滅鼠公司。怎麼可能呢？看起來明明是同一輛廂型車呀。柔伊望向伯特，只見他臉上的賊笑咧得更開了。她觀察的同時，他從口袋取出一個髒兮兮的褐色小紙袋，從裡面掏出某樣東西。柔伊敢對天發誓：**他放進嘴裡的東西會動**。那是

蟑螂嗎？這就是卑鄙男心目中的零嘴？

「看到了吧？」伯特說。「我可是捕鼠專家呢。」

「隨便你，」柔伊說。她面向繼母。「這根本不是事實，他明明是開餐車賣漢堡的。就算他是好了，又幹麼跑來我的臥室？」她質問。

「他之所以過來，是因爲他在學校聽說哩（妳）把老鼠帶企（去）上課。」她的繼母回覆。

「他騙人！」其實騙人的是柔伊。

「那爲什麼我今天會接到哩（妳）校長打來的電話？**蛤？為什麼？妳說啊！**他告書（訴）偶（我）所有事情了。哩（妳）這個噁心的小鬼頭。」

「親愛的，我不想給妳添麻煩，」伯特說。「只要把那個小傢伙交出來就好。」他伸出又髒又粗糙的手。伯特腳邊有個髒兮兮的舊籠子，看起來像是用深油炸鍋的金屬籃子做的。唯一不同的是裡面沒有炸薯條，而是塞了幾百隻老鼠。

老鼠一動也不動，因此乍看之下，柔伊以爲牠們都死了。定睛一瞧，這才發現老鼠沒死，可是籠子塞得太滿，牠們幾乎動彈不得。由於全都擠成一團，很多隻看起來都快要不能呼吸了。這幅景象看了令人作嘔，柔伊簡直想爲這令人觸目驚心的殘忍行徑大叫。

就在這個節骨眼，柔伊感覺阿米蒂奇在她胸前的口袋蠕動。或許牠嗅得出恐懼吧。小女孩偷偷把手移到胸前，免得讓人發現她的口袋會動。她思緒奔馳，搜尋人家可能會買單的謊話，最後果然給她找著了。

「我放生了，」她說。「校長說得沒錯，我確實帶老鼠進校園，不過後來我帶去公園放生了。不信就去問拉吉——是他叫我這麼做的。你可以去公園找老鼠。」她補充道，同時隔著夾克口袋捧住阿米蒂奇，因爲這隻小齧齒動物現在發瘋似地不停亂動。

場面一度陷入死寂。然後伯特輕蔑地笑著說：「親愛的，妳在說謊。」

「我沒有！」柔伊答話有點回得太急了。

「不准對這位善良的先生說謊，」吸辣斥喝道。「不准再樣（養）一隻

渾身帶病的髒東西在家裡跑來跑去。」

「我沒說謊。」柔伊抗議。

「我聞到了，」卑鄙男說話的同時，鼻子也在抽動。「我在好幾哩外就能聞到老鼠的味道。」

伯特嗅了嗅空氣，然後呼哧呼哧地說話。「小老鼠聞起來特別香……」他舔了舔嘴唇，柔伊不寒

而慄。

「總之這裡沒老鼠。」柔伊說。

「交出來，」伯特說。「然後我會拿這根高科技的老鼠電擊棒往牠身上一揮。」他從褲子後面的口袋掏出一根大頭槌。「眞的不會痛，老鼠一點感覺也沒有。然後牠就可以加入牠的朋友，到那裡面一起玩。」伯特指的是那只籠子，他用污穢的靴跟狠狠踹它一腳。

柔伊嚇得心驚肉跳，但還是在開口前先保持鎮定。「恐怕你眞的搞錯了，我家沒老鼠。要是牠跑回來了，我們一定立刻打電話通知你。謝謝。」

「馬上給我交出來。」陰險的男人說。

於此同時，吸辣也在端詳她厭惡到骨子裡的繼女，發現她左手擺放的位置很不尋常。

「哩（妳）這個不要臉的東西！」女人指責繼女，並把她的手拽開。

「在她夾克裡。」

「太太，妳抓住她，」伯特下指導棋。「我可以隔著衣服打老鼠。這樣地毯也不會留太多血跡。」

「不——可——以——！」柔伊尖叫道。她試圖甩動胳臂，想把繼母甩開，可是這個女人要比她魁梧粗壯的多。小女孩失去平衡，猛然撞倒在地。阿米蒂奇蠕動著離開口袋，開始在地毯上到處逃竄。

「啊啊啊啊啊啊啊啊啊

啊啊啊啊啊啊啊啊啊啊啊啊啊
啊啊啊啊啊啊啊啊啊！！！！！！！
！！！！！！」

她的繼母驚叫。「不要讓牠接近我！」

「相信我，牠不會有任何感覺的。」伯特呼哧呼哧地說，雙手雙膝著地，趴在地上揮舞著那根大頭槌。他不斷抽動鼻子，繞著房間追老鼠，拿工具重擊地板，只差一點就要擊中阿米蒂奇。

「住手！」柔伊尖叫道。「你會把牠打死的！」

她試圖衝向這個男人，但她的繼母用胳臂鉗住她，讓她無法動彈。

「來嘛，小可愛！」伯特輕聲呼喚，拿大頭槌朝布滿灰塵的地毯反覆揮打，深嵌的塵土隨著每下的重擊往空中爆開煙霧。

阿米蒂奇東奔西逃，拚了命地閃躲棒子。不留情的大頭槌往下敲，剛好擊中牠的尾巴。

「吱吱吱吱吱吱吱吱！」老鼠痛得尖叫，衝進柔伊的床底下躲起來。但絕非善類的伯特並沒有因此善罷甘休，他連墨鏡都沒摘，整個肚子貼在地上，像蛇一樣滑進床底，瘋了似地拿他的大頭槌左揮右擊。

柔伊死命掙脫繼母的束縛，一等男人鑽出床底，就往他身上撲。小女孩以前從沒動手打過任何人，如今卻像美國牛仔競技場上駕馭公牛的牛仔，縱身一躍，跨坐在他背上，用盡吃奶的力氣猛搥他的肩膀。

沒過幾秒鐘，繼母就扯她的頭髮，把她拽下來再壓在牆上。然後，伯特又溜進床底下了。

「柔伊，別鬧了！哩（妳）這個畜牲。聽見了沒？畜牲！」女人嘶吼著說。柔伊從沒見過繼母氣到如此失控。

柔伊依稀聽到奪命槌一聲又一聲地搥打地毯。小女孩聽得淚如雨下，她不敢相信她心愛的小朋友將遭遇如此殘暴的死劫。

啪！

接著是一片死寂。伯特從床底下鑽出來，筋疲力盡的他癱坐在地上。他一手握著那根要命的大頭槌，另一手的兩根指頭夾著老鼠的尾巴，了無生氣的阿米蒂奇就在他的指間懸盪。接著他耀武揚威地宣布——

「抓到了！」

18 碎屍萬段

「來點雞尾酒鮮蝦洋芋片吧？」吸辣招待男人。

「那我就不客氣囉。」伯特回話。

「只能吃一片。」

「失禮了。」

「那麼，呃，豬后（之後）你會拿這些老鼠怎麼辦？」吸拉繼續使出她最優雅的談吐，領伯特走到家門口。柔伊正坐在床上哭喊著，她的舉止令她繼母大爲震驚，於是把她鎖在臥室。無論柔伊怎麼搖晃把手、怎麼搥門，房門就是打不開。小女孩澈底崩潰了。她無能爲力，唯一能做的只有掉眼淚。

她聆聽繼母送那個噁心的男人出家門。

「這個嘛，我都是這麼跟小孩說的……」伯特答覆的語氣乍聽之下令人寬慰，實則令人擔憂：「牠們會去一家專為老鼠打造的飯店。」

吸辣呵呵笑。「他們信了嗎？」

「信了，那群小呆瓜以為老鼠全都在戶外的陽光下嬉戲玩耍，再到水療區放鬆，享受按摩和做臉之類的服務！」

「那事實是……？」吸辣小聲問。

「我把牠們碎屍萬段！用我特別的研磨機！」

吸辣咯咯笑。「痛不痛啊？」

「痛得要命！」

「哈哈！好耶！你會不會用腳踩老鼠啊？」

「不會。」

「哦，換作是我的話，我會先把老鼠踩扁，才將牠們碎屍萬段。這樣牠們就得承受雙倍的痛苦！」

「那我非得試試不可，這位太太……？」

「哦，叫我吸辣就好。再來一片雞尾酒鮮蝦洋芋片？」

「哦，好的。」

「只能吃一片。」

「失禮了，風味眞鮮美啊。」伯特嘆道。

「就跟眞的雞尾酒鮮蝦一樣，搞不懂他們是怎麼辦到的。」

「妳嚐過眞的雞尾酒鮮蝦？」

「沒，」女人回答。「可是不需要啊。反正嚐起來跟這種洋芋片一樣。」

「話說回來，太太，恕我直言，妳眞的美若天仙。不知今晚有

榮幸邀妳共進晚餐嗎？」

「唉呦，你好死相！」柔伊的繼母開始打情罵俏。

「我請妳吃我超特別的獨家漢堡。」

「哦，這是你說的哦！」這個恐怖的女人語畢不忘加了聲令人作嘔的小女孩笑聲。柔伊不敢相信她繼母居然這麼明目張膽地跟這個討厭鬼調情。

「就只有妳跟我，還有堆成山的漢堡，想吃多少就有多少……」伯特若有所思地說。

「好浪漫哦……」吸辣輕聲說。

「待會兒見囉，我的公主……」

柔伊聽到大門一關，繼母踏著轟隆響的腳步穿過走廊，走到她女兒的臥室前打開門鎖。

「小姑娘，妳麻煩大了！」吸辣說。她剛才肯定有跟伯特吻別，因爲如今她的嘴唇上方多了黑色馬克筆印。

「我沒差！」柔伊說。「我只在乎阿米蒂奇，我說什麼都要救牠。」

「阿米蒂奇是誰？」

「就是那隻老鼠啊。」

「妳幹麼給老鼠取這種名字？」女人不可置信地問道。

「說來話長。」

「老鼠叫這個名字很蠢耶。」

「那要叫什麼名字？」

她深思了許久。

「妳說啊！」柔伊催她。

「我還在香（想）啦。」

兩人之間陷入漫長的沉默，吸辣看起來全神貫注。最後，答案揭曉：「阿鼠！」

「有點沒創意。」柔伊嘀咕道。

這句評語對她繼母的怒氣無疑是火上加油。

「妳這個壞孩子。小姑娘，聽到了沒？哩（妳）壞到姑（骨）子裡了！我眞想把哩（妳）扔到街上！妳怎麼可以攻擊辣（那）個好心腸的先生？」

「好心腸?!那個男人是殺鼠凶手欸！」

「不不不。牠們全都去了一個特別的老鼠避難所，可以在那裡享受水療……」

「妳當我頭殼壞去了嗎？老鼠都會被他撲殺。」

「他又不是用腳把老鼠踩扁，只是把牠們碎屍萬段。眞可惜。」

「太慘無人道了！」

「管他的？少一隻老鼠罷了。」

「不行，我要去救阿米蒂奇，我必須去——」

柔伊起身往門口走，繼母用她驚人的體重把她牢牢壓回床上。

「哩（妳）哪裡都不准給我去，」女人說。「妳被禁竹（禁足）了。聽到了沒？禁——竹——了！禁竹！」

「是禁『足』啦！」柔伊糾正她。

「哪是啊？」吸辣這下眞的火大了。「我沒答應之前，妳休想離開這個房間。妳可以在這裡好好反省一下自己的所作所爲。然後坐著等死！」

「等我爸回家妳就知道了！」

「那個沒用的飯桶又敢怎麼樣？」

淚水把柔伊的雙眼扎得好疼。爸爸雖然時運不濟、經濟拮据，但再怎麼說都是她的爸爸。「不准妳這麼說他！」

「他唯一的用處就是領救濟金，還有勉強給我一個遮風蔽雨的地方。」

「我要跟爸爸說妳居然在背後這麼講他。」

「他早就知道了，這些花（話）我每晚都在他耳邊唸。」討人厭的女人嗤之以鼻，還粗嘎地笑了一聲。

「他很愛我。他不會讓妳這樣對我的！」柔伊抗議。

「他如果眞的那麼愛哩（妳），幹麼一天到晚包（泡）酒館？」

這下柔伊語塞了。她無言以對。繼母的話將她的心撕成百萬塊碎片。

「哈！」吸辣笑了一聲，隨後關門，並把門鎖上。

柔伊衝到窗前，俯視底下的街景。住在額圮摩天大樓的三十七樓，景觀一覽無遺。放眼望去，只見伯特開著廂型車疾駛而去。他的駕駛技術有待加強，她親眼目睹他撞掉好幾台車的後視鏡，還差點撞上一位老太太，最後廂型車才疾速消失在她的視線範圍。

窗外的天色漸漸暗了，不過鎮上成千上萬盞街燈點亮了外面的世界。她的臥室浸在一片醜陋的橘光中，可是她永遠都關不掉。

一直到傍晚，爸爸才從酒館回家。他和吸辣一如往常開始大吵大鬧，摔門的戲碼也自然少不了。爸爸一直沒進柔伊的臥室看她，八成沒來得及見她，就在沙發上累癱了。

黑夜來襲，接著迎來白晝，柔伊徹夜未眠。她的思緒在飛旋，心在隱隱作痛。到了早上，她聽見爸爸出門，大概是出去等酒館開門，而她的繼母則把電視打開。柔伊不斷搥門，但繼母說什麼都不放她出來。

我變成囚犯了，柔伊絕望地往床上一躺，又餓又渴又急著尿尿。

囚犯會怎麼做呢？她反問自己。**想辦法逃獄呀！**

19 大逃亡

阿米蒂奇的處境岌岌可危。柔伊必須去救牠。而且動作要快。

她記得伯特每天都會把他污穢的漢堡餐車停在校門外，所以只要她能逃離臥室，就可以追蹤他的下落。然後她就能趕在那些老鼠被**碎屍萬段**前找到牠們的囚禁地點。

柔伊思索所有可能脫逃的方法：

一、她可以把所有的床單都綁在一起，然後順著繩索爬下樓。可是她住三十七樓，床單可能最多只夠她降到二十四樓。死亡機率——高。

二、還有個充當**飛行員**的選項。用外套衣架和內褲做一架滑翔機，飛向陸地、投奔自由。死亡機率——高。更重要的是，柔伊沒有那麼多

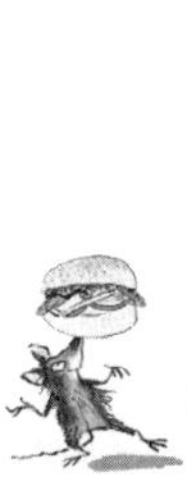

條乾淨的內褲。

三、**挖洞**。戰俘集中營的士兵一向喜歡採用挖隧道的方式逃獄。死亡機率——低。

方法三的問題出在住在柔伊樓下的老太太很愛發牢騷，她自己明明養了超愛叫的狗，還老是抱怨樓上太吵，而且一抱怨就沒完沒了。要是柔伊往樓下挖隧道，她肯定馬上向柔伊的繼母告狀。

不過我可以往隔壁挖隧道呀！柔伊靈機一動。

她撕下時下最流行的男孩團體海報，再用手指甲輕輕敲牆。敲擊聲在隔壁人家發出回音，這表示牆壁一定很薄。多年來她經常聽到隔壁大吵大鬧，只是聲音朦朧不清，她無法推斷那裡究竟住了什麼樣的鄰居。柔伊覺得大概是一個女孩和她的爸媽，但或許還住了其他人。但是不管隔壁到底住了誰，他們的日子要嘛過得跟柔伊一樣糟，要嘛比她更悽慘。

計畫本身再簡單不過了。海報隨時可以替換，來掩蓋她的事跡。現在她只需要找個能挖穿牆壁的東西就行了。尖尖的、金屬製的東西。**鑰匙**，她靈光乍現，於是興奮地跑到門口，但這才發現鑰匙在房門的另一頭。不然她還需要逃獄嗎？

那還用說嗎？她暗自責備自己。

柔伊開始在家當中東翻西找，可是她的尺、梳子、筆和衣架統統都是塑膠製的。塑膠製的東西要是拿來挖牆，一定會馬上折斷。

柔伊瞥見自己在鏡中的倒影，赫然發現**答案**正盯著自己的臉龐。她的牙套。這個討人厭的玩意兒終於能派上用場[7]了。柔伊用手指耙下牙套，二話不說就衝到牆壁前。她連口水都沒先抹掉，就拿它往牆上刮。這金屬製的東西有夠利，怪不得戴起來很痛，不但磨她的牙齦，還卡在拉吉的羊毛衫上！牆壁上的灰泥很快就如雪花一般飄落地板。不久後，柔伊已刮通灰泥，深及裡層的磚頭。牙套沾到牆面油漆、灰泥和灰塵，變得更厚了。

---

7 另一個用途當然是矯正牙齒。（我必須在此聲明，免得牙科矯正醫師向我投訴，不過他們全都跟殘忍的虐待狂無異。）

這時柔伊突然聽見臥室房門傳來轉動鑰匙的聲音，於是她縱身一躍，把海報黏回牆上。她及時記得把牙套塞回嘴裡，但來不及把上面的塵垢擦掉。

吸辣狐疑地打量她的繼女。她看起來像是知道柔伊正在偷偷摸摸地幹壞事，只是她不知道具體情況——目前還不知道。

「肚子餓不餓？我大概該餵哩（妳）吃飯了，」齷齪的女人說。「要是哩（妳）餓死了，那些社工人員會像討人厭的疹子扒著我不放。」吸辣亮晶晶的小眼珠環顧臥室。她很肯定有什麼東西不一樣，但她空空的腦袋又指不出個所以然。

柔伊搖搖頭。滿嘴灰塵的她，根本不敢開口說話。事實上，她飢腸轆轆，但逃脫計畫非得付諸行動不可，不容許任何干擾。

「那妳要上廁所吧？」胖女人問道。

柔伊瞧見繼母的目光掃視房間。小女孩又搖了搖頭。她覺得自己快噎到了，因爲如今灰塵已滲進她的喉嚨底部。事實上，她膀胱快要爆炸了，只好一直夾住雙腿。問題是，如果她跑去上廁所，繼母會趁機搜她房間，說不定

會被她發現隧道的入口。

「妳戴牙套了嗎？」

柔伊點頭如搗蒜，然後努力來個抿嘴微笑。

「給我看。」她的繼母咄咄逼人。

柔伊把嘴巴慢慢張開一點，露出那麼點金屬。

「我看不到。張大點！」

女孩勉爲其難地張大嘴，展露灰塵結塊的牙套。女人目不轉睛、仔細一看。

「哩（妳）要刷牙啦，噁心死了。髒死人的小孩。」

柔伊閉上嘴，點頭表示贊同。吸辣看了繼女最後一眼，嫌惡地搖搖頭，然後轉身離去。

柔伊展露笑顏。她全身而退了，至少暫時如此。

她等到聽見鑰匙在門鎖的轉動聲，才轉頭面向牆壁。原來她把男孩團體海報貼反了！她暗自祈禱頭髮前長後短的那位成員永遠不會發現她把海報貼上下顛倒。他是柔伊的最愛，將來他們會步入禮堂，只是他還不知道。

稍微提一下：謝天謝地她繼母沒發現海報突然貼倒反。柔伊連忙吐出牙套，拿衣袖擦了一下她乾成沙漠的舌頭，並清了清上頭的灰塵，接著繼續幹活兒。

她整晚不停地又刮又挖，最後終於穿牆成功。如今她的牙套已成了一坨畸形的廢鐵，於是她把它扔到一邊。柔伊很高興隧道就快開通了，索性直接用手挖。她用最快的速度又抓又耙，把洞挖大，灰泥碎片也從她手上一片片落下。

柔伊擦拭雙眼，向洞裡望去。會在隧道的另一頭看到什麼，她也說不準。她定睛一看，這才發現彼端有一張臉。

而且這張臉她認識。

竟然是田娜．多刺。

20 拔河

沒錯，柔伊一直以來都知道那個小霸王跟她住同一棟公寓。畢竟她那幫小混混老是霸占社區的探險遊樂場。更何況，田娜每天都會從樓梯井朝柔伊頭上吐口水。不過柔伊壓根不曉得女魔頭的家離她那麼近！

然後柔伊腦中閃過一個念頭，並爲此困惑不已：這麼說來，整天互吵對罵和摔門，程度比她家還嚴重的就是田娜一家人。原來被爸爸吼的女兒就是田娜。柔伊晚上躺在床上、試圖睡著時總不免爲其感到難過的人就是田娜！

柔伊搖搖頭，將她替田娜．多刺難過的古怪新感受拋諸腦後。然後她提醒自己臉上被人吐口水的感覺，突然就沒那麼難過了。

如今上午都過一半了。柔伊的挖牆行動已進行了一整晚，洞的另一頭是田娜正在打鼾的醜陋大餅臉。她躺在自己床上，就像照鏡子似的，那張床在臥室的擺放位置，居然跟柔伊的一模一樣。只不過那間房空空如也——與其說是小女孩的臥室，其實更像監獄的牢房。

田娜裹在一條骯髒的羽絨被裡。年紀輕輕的一個女孩，打起鼾來卻跟駱駝沒兩樣，聲音低沉卻又吵，吐氣的時候嘴脣還微微顫動。

如果你想知道駱駝是怎麼打鼾的，那我告訴你：

呼呼呼呼呼呼呼呼呼呼呼呼

呼呼呼呼呼呼呼呼呼呼呼呼呼呼！

嗯嗯嗯嗯嗯嗯嗯嗯嗯嗯嗯嗯

嗯嗯嗯嗯嗯嗯噗噗噗噗噗噗噗噗噗

噗噗噗嗞嗞嗞嗞嗞嗞嗞嗞嗞嗞嗞！

呼呼呼！

今天是上學日，照理說田娜現在應該在上課，但是柔伊知道多數時候她都翹課，就算來學校，課也是愛上不上隨便她。

如今，柔伊和她的仇敵正面交鋒。可是已經沒回頭路了。這個開鑿計畫已讓柔伊房裡的一切蒙上一層厚厚的灰。只要她繼母一打開門鎖，查看她的動靜，一切就玩完了，她再也見不著阿米蒂奇了……

不過，此時此刻，田娜那張可怕的大餅臉就在洞的彼端。柔伊凝視著小霸王粗到驚人的鼻毛，不知道下一步到底該怎麼做。

這時柔伊心生一計。假如她能拽住田娜羽絨被的一角，就能往洞裡使勁一拉，然後趁田娜滾到地板之際，用爬的穿過隧道，再躍過她的身體，以迅雷不及掩耳的速度逃離田娜的家，奔向平安的國度。

這時她才發現她應該把挖洞計畫的死亡機率上修爲**高**。

說時遲那時快，她聽見繼母的腳步如大象軍團穿過走廊。

柔伊勢必得採取行動，而且動作要快。她把手伸進洞裡，深呼吸一口氣，再以吃奶的力氣去拽羽絨被，那條被子抓起來的觸感油油的，好像從來沒洗過一樣。力道猛到足以讓田娜滾落地——

砰！

咚！

咚！

柔伊一聽見鑰匙在門鎖的轉動聲，便手腳並用地穿過洞孔。不過，跟老鼠不同的是，柔伊沒有鬍鬚，且儘管她的個子出奇矮小，她還是低估了自己的身材。當她的身體前半段穿進洞裡，整個人就已澈底卡住。無論怎麼試著蠕動身子，她就是動彈不得。不用說也知道，田娜已經醒了，心情不好尚不足以形容她的憤怒，她看起來比一隻被惹毛的大白鯊還火大。

小霸王緩緩起身，盯著柔伊，並開始使勁拉小女孩的雙臂。無庸置疑，她準備把柔伊整個人從洞裡拖到房間，然後把她痛扁一頓。

「妳這個小矮子，我會逮到妳的。」她咆哮道。

「哦，田娜，妳早啊。」她的語氣像在苦苦哀求對方，面對這個不尋常的局面別太過激動。在此同時，想也知道，聽到這一陣騷動的吸辣也衝進她身後的臥室，緊緊抓住繼女的兩條腿。這個可惡的女人正用盡全力拉她雙腿。

「給我出來！等我抓到妳，妳就豬（知）道了！」胖女人尖聲叫嚷。

「繼母，妳早啊。」柔伊回頭喊道。她那歡快的嗓音絲毫無法平息繼母的怒火，對方還是死命抓著她的腳踝不放。

不久後，柔伊的身體就在洞裡前後抽動。

「哦哦哦！」被拉到一頭的她發出驚叫。

「啊啊啊！」被拽到另一頭的她痛喊道。

沒過多久，感覺就像她在唱一首不斷重複的流行歌。

「哦哦哦！啊啊啊！哦哦哦！啊啊啊！哦哦哦！啊啊啊！哦哦哦！啊啊啊！哦哦哦！啊啊啊！哦哦哦！啊啊啊！」忽前忽後。忽前忽後。

要不了多久，被前後拉扯的她，周圍的牆壁開始隨之崩裂。

雖然田娜很壯，但柔伊的繼母有體重優勢。這是一場勢均力敵的拔河賽，怪不得給人一種永無止盡的感覺。雙方都用盡全力拉扯她的四肢，驚叫連連的她不忘對目前的處境正面思考：無論最後贏家是誰，柔伊至少身高都會被拉高。

她覺得自己像個格外珍貴的聖誕彩包爆竹。不過，跟聖誕彩包爆竹的命運雷同的是，她肯定快要爆炸了。更大塊的灰泥開始從牆壁剝落，而且掉在她的頭上。

「阿阿阿阿阿阿阿阿阿阿阿阿阿阿阿阿阿阿阿阿阿阿阿阿阿阿阿阿阿阿阿阿阿阿阿娘娘娘娘娘娘娘娘娘娘娘娘娘娘娘娘娘娘娘娘娘娘娘娘娘娘喂喂喂喂喂喂喂喂喂喂喂喂喂喂喂喂喂喂喂喂！！！！！」柔伊驚叫。

這時牆壁傳來一聲開裂的巨響。

吱吱吱吱吱吱吱吱吱吱
吱吱吱吱吱吱吱吱吱吱吱
吱吱吱吱吱嘎嘎嘎嘎嘎嘎
嘎嘎嘎嘎嘎嘎嘎嘎嘎嘎嘎
嘎嘎嘎嘎嘎嘎嘎嘎嘎嘎嘎
嘎嘎嘎嘎嘎嘎嘎！！！！！

瞬間，柔伊感覺整面牆都要塌了。沒過多久，它就塵爆似地坍在地面。

轟轟轟轟轟轟轟
轟轟轟轟轟轟轟
轟轟轟轟轟轟轟
隆隆隆隆隆隆隆
隆隆隆隆隆隆隆

噪音震耳欲聾，柔伊眼前只見白茫茫的一片。看起來有點像這樣：

隆隆隆隆隆隆隆

隆隆隆隆隆隆隆

隆隆隆隆隆隆隆

！！！！！！！！！

！！！！！！！！！

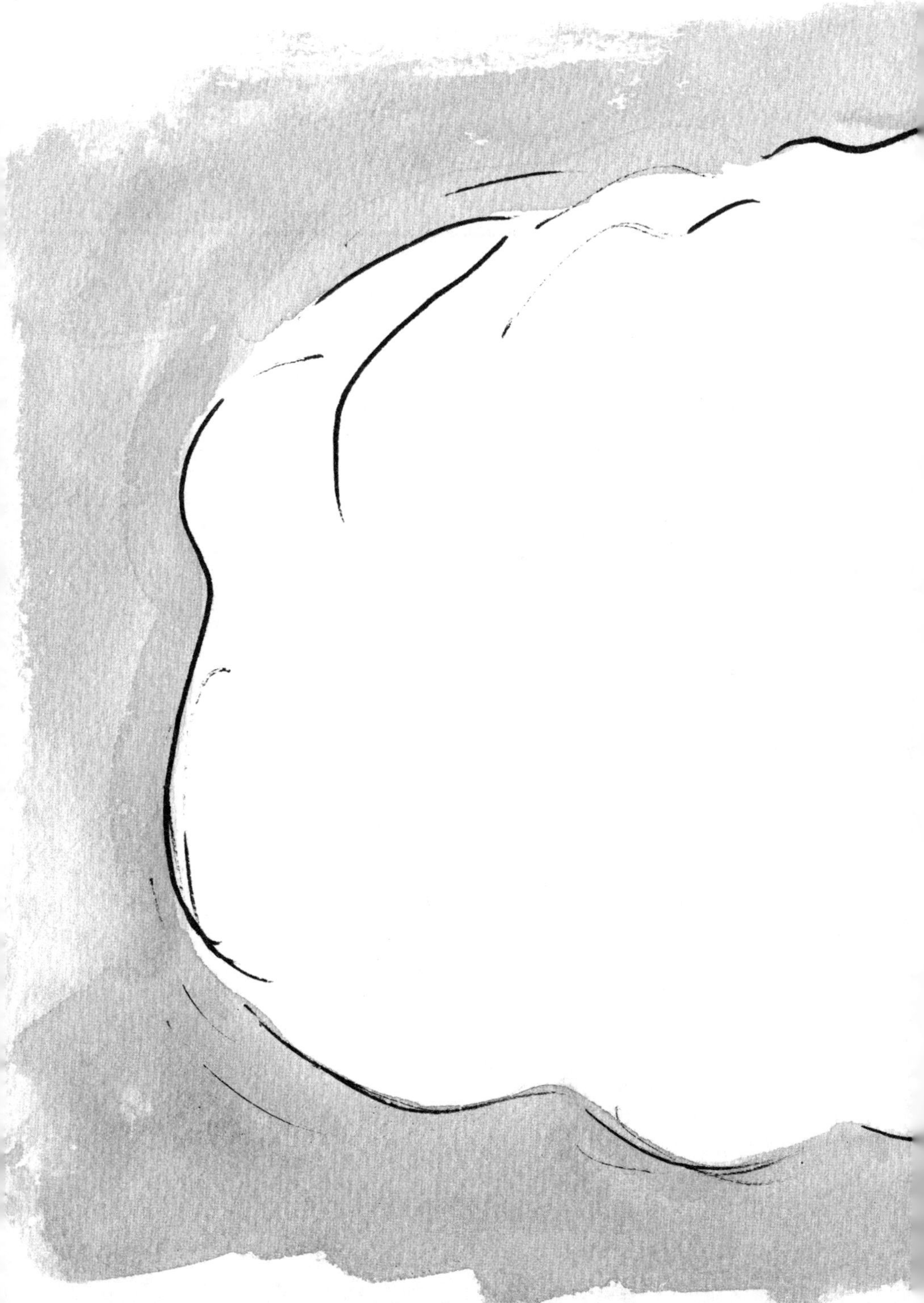

21 滾燙的屁股

彷彿經歷了一場地震，但至少現在柔伊的雙臂和兩腿自由了。

她如今與人共享的臥室滿布塵雲，她聽見田娜和她的繼母在這片塵雲中咳個不停。柔伊能逃跑的時間極爲有限，於是奮不顧身地往前衝。由於什麼也看不見，她只能用手亂抓，拚命尋找門把。柔伊把門打開，直奔走廊。

這場塵爆讓她分不清東西南北，現在她才意識到自己在田娜家亂跑。結果她家比柔伊家更簡陋。沒有家具和地毯不說，壁紙也從牆壁上剝落，而且處處充滿潮溼的氣味。明明是田娜他們自己家，卻搞得像是偷占空屋。

不過，沒時間居家大改造了，即使像電視節目說的**十五分鐘打點住家、煥然一新**的時間也沒有。過了一會兒，柔伊找到大門了。她急著開鎖，那顆小小的心臟跳得前所未有地快。她的手在顫抖，轉不開門栓。

說時遲那時快，有兩個宛如龐然大物的可怕鬼影從她身後的塵雲現身，踉踉蹌蹌、隱約逼近。全身上下灰頭土臉，張大嘴放聲尖叫，往外爆的眼珠血紅，彷彿充滿怒火。活像從恐怖片跑出來似的。

「啊啊啊啊啊啊啊啊啊啊啊啊啊啊啊

啊啊啊！」柔伊驚聲尖叫。

後來她才赫然發現那是田娜和她的繼母，兩人從頭到腳都覆滿白灰。

「啊啊啊啊啊啊啊啊啊啊啊啊啊啊啊啊啊啊啊啊啊啊！」柔伊尖叫不斷。

「給我過來！」吸辣吼道。

「我一定要抓到妳！」田娜咆哮。

柔伊的手這下抖得更厲害了，不過她及時把門轉開。就在柔伊往外溜之際，四隻覆滿白灰的肥手便抓住她的衣服，扯破她的夾克。柔伊設法掙脫，再用力關上身後的大門。在公用走廊上飛奔的柔伊發覺逃離這棟傾斜摩天大樓的唯二出口：樓梯和電梯，肯定都是**死路**。

後來柔伊想起在公寓遠處有個鷹架。

她覺得那頭或許有路往下逃，於是一路狂奔過去。她打開一扇窗，爬到外面的鷹架，然後再把窗關上。一陣怪風吹得她腳下單薄的木板抖呀抖的。

她俯視下方——三十七層樓耶！就連街上的巴士都變得像玩具車那麼小。柔伊頓覺頭暈目眩。她開始覺得這不是什麼好主意了。

可是在她身後，田娜和吸辣橫眉豎目的面孔正緊貼著玻璃，而且她倆還不停敲打窗戶。

柔伊不假思索便沿著大樓的外圍跑，她的繼母和田娜則爭先恐後，想要第一個踏上鷹架追人。木製走道的盡頭有條巨大的塑膠管，從三十七樓一路通往平地的大垃圾桶。柔伊覺得這東西看起來像個滑水道，但事實上它的功用是將修繕大樓不要的破瓦殘礫安全送達樓下。

管子不大不小，剛好能容得下一個小女孩。

柔伊轉過頭，發現田娜和繼母在她身後只有幾步之遙，於是她深吸一口氣，往管子縱身一躍。紅色的塑膠將她包圍，她以自己無法想像的疾速滑行，沿途尖叫連連，就這麼溜呀溜呀溜，有到盡頭的時候嗎？她不停向下旋繞，愈接近地面，就溜得愈快。小女孩從沒溜過滑水道，她一度覺得用屁股來飆風滑梯的感覺很好玩。不過，由於滑道沒有水，她那磨擦塑膠的屁股也

變得愈來愈燙。

然後，這趟滑梯之旅毫無預警地溜到尾聲，小女孩飛出管子，摔進大垃圾桶。幸好有人違規在裡面扔了張舊床墊，減緩了她摔落的衝力。滾燙的屁股漸漸冷卻，柔伊抬頭遙望鷹架。

她看見大尺碼的繼母卡在管口，田娜則將整個人的重量壓在女人的大屁股上，使出吃奶的力氣想把她推下去。無論她怎麼推、怎麼擠，吸辣的身體就是塞不進去。柔伊不由自主地微笑，她安全了，至少暫時如此。但是她知道她心愛的某個傢伙危在旦夕。倘若她不快點找到阿米蒂奇，牠就要被碎屍萬段了！

22 免費的口水

直到柔伊看見她在商店櫥窗的倒影，她才發現自己跟田娜還有吸辣一樣，從頭到腳都布滿灰塵。原本她一直納悶，不曉得路人打量她的眼神爲什麼這麼奇怪，坐在折疊式嬰兒車上的小孩爲什麼一見她就放聲大哭，馬上被他們懷有身孕的媽媽推走。

她抹去塑膠小手錶上的灰塵，只見已快到午餐時間了。伯特會將廂型車一如往常地停在學校操場外，煎他那些有害的漢堡。

灰塵跑進她的喉嚨深處，柔伊急著要喝水，所以決定中途休息片刻。

叮咚！

「啊！柔伊小姐！」拉吉驚呼。「已經到萬聖節了嗎？」

「呃，還沒……」柔伊語無倫次地說。「今天是學校的便服日，你知道的，學生可以想穿什麼就穿什麼。」

拉吉端詳這個布滿灰塵的小女孩。「不好意思，請問一下妳這一身裝扮是？」

「灰『塵』姑娘。」

「灰『塵』姑娘？」

「對，灰塵姑娘。你也知道，她是超級英雄。」

「我沒聽過這號人物。」

「她很紅耶。」

「灰塵姑娘是吧？那她的超能力是什麼？」拉吉發自內心地好奇，才有此一問。

「她打掃工夫一把罩。」柔伊急著要把這個話題結束，所以開始胡謅。

「那我一定要好好找一下她的資料。」

「對，明年好像要推出一部《灰塵姑娘》的電影。」

「那肯定會是票房冠軍，」拉吉嘴巴上雖然這麼說，表情卻沒有百分之百信服。「一定有很多人喜歡看別人打掃，我就是其中之一。」

「拉吉，可以給我喝點東西嗎？」

「那有什麼問題？柔伊小姐，妳想喝什麼都行。我店裡有一些瓶裝水。」

「自來水就可以了。」

「不，那怎麼行？去冷藏櫃拿瓶礦泉水吧。」

「那就謝謝囉。」

「我的榮幸。」拉吉微笑著說。

柔伊從櫃台走過去，挑了一小瓶礦泉水。幾乎整瓶水都被她灌進口裡，剩下的一點她拿來把臉洗乾淨。她覺得整個人瞬間舒服多了。

「拉吉，謝謝，你對我眞好。」

「柔伊小姐，妳是個特別的小女孩。這不只因爲妳有一頭薑黃色的頭髮。好了，柔伊小姐，空瓶可以還給我嗎？」

柔伊腳踏灰塵，穿過他小小的書報攤，把空瓶還給拉吉。他接過瓶子之後，穿過彩色塑膠簾後，走到店家後方。柔伊聽見水龍頭的水在流動，一會兒過後，他再次現身，把瓶裝水遞還給她。

「麻煩幫我放回冷藏櫃。」他面帶微笑地說。

「可是瓶子上都是灰，瓶口也都是我的口水欸。」

「我的朋友，妙就妙在口水不會額外收費呀！」拉吉洋洋得意地說。

柔伊看了書報攤老闆一眼，盡責地把那瓶水放回原處。

「拉吉，再見。」

「再見了，呃，灰塵姑娘。祝妳好運！」

叮咚！

如今柔伊覺得自己還真有那麼點像超級英雄，雖然她的超能力是打掃工夫。不過，跟超級英雄一樣，她的任務是打擊邪惡。

柔伊全力衝刺穿過街頭，沿路掉了一地塵埃，不久後便瞧見伯特的廂型車。車子一如以往停在學校操場外，路上也排了一排迫不及待要吃午飯的小

朋友。她從馬路邊上步步逼近，發現廂型車上印著**伯特除蟲滅鼠公司**。

這就怪了，她不禁暗忖。柔伊躲在破爛舊損的學校招牌後，靜待午休時間結束的鐘響。被勒令停學的她可禁不起被人發現在校園逗留，不然就會立刻被學校開除。

鈴鈴鈴鈴鈴鈴鈴鈴鈴鈴。鐘聲終於響起，伯特接待最後一名顧客，把顏色出奇黑的番茄醬擠在外觀令人倒胃口的漢堡上。柔伊小跑步穿過馬路，躲在廂型車正對人行道的另一側。她抬頭一看，只見車身上印著**伯特漢堡**。

「未免太奇怪了吧。」柔伊輕聲自言自語。廂型車的一側印著**伯特漢堡**，另一側印了**伯特除蟲滅鼠公司**。

柔伊目不轉睛地望著廂型車。原來這個令人不寒而慄的男子用同一台車來抓老鼠和油炸漢堡！雖然柔伊不是專家學者，但她確定政府的食品標準局不會接受這種行徑。他起碼會收到投訴信。

廂型車的引擎發動了，柔伊連忙繞到車尾，神不知鬼不覺地打開車門、跳進車上。接著她輕輕關上車門，趴在冰冷的金屬地板上。

然後引擎啓動，廂型車揚長而去。

躲在車裡的柔伊也跟著去了。

23 碎屍萬段機！

柔伊放眼望去，在平視的高度看到幾大袋爛掉的漢堡，不斷有蛆冒出來。她連忙用手摀住嘴巴，免得自己尖叫或嘔吐，或尖叫嘔吐一起來。

廂型車在鎮上橫衝直撞。她聽見車子刮過其他車輛，還有它闖紅燈時，別台車子猛按喇叭。柔伊猛一抬頭，驚恐地從小車窗往外望，只見他們所到之處，無不掀起一團混亂、滿目瘡痍，更別提不少汽車後視鏡被他們撞斷。伯特開起車來不要命似的，柔伊害怕他倆會變成車下亡魂。

廂型車行駛的速度飛快，轉眼間他們就來到了鎮上郊區的一座荒廢大工業區。一間間空蕩蕩、看起來頹圮在即的巨型倉庫，遮蔽了天際。不久後，廂型車停在一間格外破爛的倉庫外。柔伊抬頭，從那扇被油脂潑濺的車窗往外看。這間倉庫簡直像是一個巨大的停機棚。

當伯特把車駛進倉庫，眼前的一切都烏漆抹黑，柔伊深吸一口氣。車子晃了一下停住時，她便爬出後車廂，躲在廂型車底下。她一面環顧四周偌大的空間，一面努力降低呼吸聲。只見到處都是一籠又一籠的老鼠，籠子層層相疊。看樣子這裡大概有幾千隻老鼠將被碎屍萬段。

老鼠籠旁邊有一罐蟑螂，但罐子上居然貼著番茄的字樣。

我真慶幸自己從沒吃過伯特漢堡，柔伊暗忖。即便如此，看到這個畫面，她還是很想吐。

倉庫中央有一把骯髒破舊的折疊梯，通往一台超大的機器。**這一定就是碎屍萬段機**！柔伊心想。機器老舊生鏽，狀似由汽車散落的碎片、以及舊冷箱和微波爐的零件所組成。整台都是用膠帶固定。

柔伊從廂型車底下觀察的同時，伯特向機器步步走近。

機械的主要部分是一個大型金屬漏斗，下面接了一條長長的輸送帶，帶

子上懸著一根很大的木製擀麵棍。還有好幾條像是用食品攪拌器做成的金屬手臂在一旁待命。手臂末端是圓胖的金屬管，看起來像從老舊管線鋸下來的，甚至可能是卡車排氣管的零件。

老鼠吱吱的尖叫聲震耳欲聾，但跟這台機器發出的聲音比起來根本不算什麼。

伯特一走過去，扳動側面的控制桿——其實是商店櫥窗假人的一條手臂——啓動機器，金屬的研磨聲便輕易淹蓋了老鼠的叫聲。整台機器嘎嘎作響，彷彿快要解體似的。

柔伊暗中監視伯特緩緩地走向一籠老鼠，然後彎腰拾起籠子。裡面想必裝了一百隻老鼠，阿米蒂奇會不會是其中一隻？再邁著沉重的步伐走向折疊梯。籠子重量不輕，於是他移動起來也小心翼翼。他一次一階，緩慢但堅定地爬上梯子。等爬到梯頂，他暫歇一會兒，有點兒搖晃不穩，接著露出一個令人作嘔的微笑。柔伊想出聲制止他，卻又怕洩露自己的行蹤。

然後伯特將籠子高舉過頭，把老鼠倒進機器！

老鼠從半空墜落，統統必死無疑。其中有隻沒比阿米蒂奇大多少的老鼠，拚了命地緊抓籠子不放。邪惡的男人發出令人反胃的笑聲，將牠的小爪子從金屬籠掰開，於是老鼠就這樣筆直墜入機器。接著傳來一聲駭人的吱嘎響。**他真的將牠們碎屍萬段**！機器的底端湧出一些絞肉。絞肉隨後被一根大滾筒輾平，傳輸帶上的手臂不斷往下錘，把肉剁成肉餅。肉餅繼續由傳輸帶一個接著一個送進髒兮兮的硬紙板箱。

柔伊這下眞的想吐了。

伯特醜惡的祕密揭曉了。

各位讀者，你們猜到伯特的祕密了嗎？

希望你們猜到了，畢竟書名的暗示很明顯。

沒錯，他用**老鼠肉**做漢堡！

讀者呀，說不定你也曾在不知不覺中吃過……

「**不——！**」柔伊尖叫道。小女孩忍不住了，但這麼一喊洩露了她的行蹤。

24 女童肉漢堡

「哈！哈！哈！」伯特大笑三聲，但臉上沒有一絲笑意。

他步向柔伊，鼻子朝她的方向抽動。這下子，柔伊跟那些老鼠一樣，開始擔心自己正面臨生死關頭。

「小妹妹，妳給我出來！」男人咆哮道。「在廂型車上我就聞到妳的味道了。我的鼻子可靈了，不只能聞老鼠，還能聞小孩！」

柔伊從廂型車底下翻身滾出來，再跑向倉庫門口。不過，從這頭望去，只見大門不但緊閉，而且深鎖。伯特開車進來以後，一定把門關上了。慘無人道的男人緩緩地跟了上來。伯特連跑都懶得跑，這使柔伊更心驚肉跳，因爲他知道她根本無處可逃。

柔伊抬頭看關在無數獸籠裡的老鼠。肯定有成千上萬隻可憐的動物被塞在這裡。她要怎麼在這麼多老鼠中找到阿米蒂奇呢？看樣子只能把牠們統統放了。只不過，現在那個虎背熊腰的滅鼠男正向她大步而來，每跨出一步，鼻子就動得更激烈。

柔伊視線緊盯著他，同時沿著牆壁摸，直到摸到那扇巨大的拉門。接著她胡亂擺弄掛鎖，巴不得趕快逃跑。

「離我遠一點！」她吼道。她摸索的手指動得更慌亂了，急著要把倉庫門打開。

「不然咧？」伯特呼哧呼哧地說，向她緩緩靠近。現在他近到她都能聞到他身上的氣味了。

「不然我要把你在這裡做的壞事告訴大家，居然屠宰老鼠做漢堡肉！」

「妳不會的。」

「我會。」

「妳不會的。」

「我會。」

「好，妳會。」伯特說。

「我不會的！」

「哈！」伯特笑道。「被我騙倒了吧！打從到妳家那天起，我就知道妳是個禍害。所以我才讓妳爬進我廂型車的後車廂，一路跟我到祕密基地。」

「你一直知道我在跟蹤你？」

「當然囉，我聞出妳的味道！現在我要把妳做成漢堡。愛管別人閒事的死小孩就該得到這種下場。」

「不——！」柔伊放聲尖叫，仍急於轉開那個生鏽的舊掛鎖。鑰匙雖然在門鎖裡，但卡得太死。無論她怎麼努力，還是轉不動。

「哈哈，」伯特呼哧呼哧地說。「我的第一個女童肉漢堡！」

他伸手抓她，她雖然閃掉了，但他毛茸茸的大手還是抓到一把她的薑黃色毛躁捲髮。柔伊胡亂揮舞雙臂，想搆著那個捕鼠男，讓他鬆手。他的另一隻手正重重按在她的肩上，死命壓住不放。

柔伊使勁甩了他一個巴掌，把他的深色墨鏡打飛，最後落在地上。

「不！」伯特吼道。

柔伊抬頭直視他的雙眼，卻怎麼也找不到他的眼睛。

只見伯特臉上，眼珠不在它該在的位置，只有兩個空洞的、比墨汁還要黑的**窟窿**。

「啊啊啊啊啊啊啊啊！」

柔伊驚聲尖叫。「你沒有**眼珠**？」

「答對了，小朋友，我全盲。」

「可是——你沒養導盲犬，也沒拄拐杖什麼的。」

「我不需要，」伯特自豪地說。「有這個就夠了。」他輕敲自己的鼻子。「這就是爲什麼我是當今世上最厲害的捕鼠師，可以說前無古人後無來者。」

柔伊停止掙扎了一會兒，她嚇得無法動彈。「什麼？怎麼說？」

「親愛的，我因為沒有眼睛，所以嗅覺變得極其敏銳。從好幾英哩外，我就能聞到老鼠的氣味，尤其是妳養的那種可愛幼鼠。」

「可是、可是、可是你還開廂型車欸！」柔伊語無倫次地說。「瞎子哪能開車啊？」

伯特咧嘴一笑，露出滿口污穢的假牙。「沒眼睛開車有什麼難的？靠鼻子不就得了？」

「這會出人命的！」

「在我二十五年的駕駛經歷裡，只撞過五十九人。」

「五十九?!」

「我知道，這小意思。當然囉，有的我得倒車結束他們的生命。」

「殺人凶手！」

「對，但你不說的話，保險公司還是會讓你享有保險金優惠。」

柔伊盯著他臉上深沉幽暗的兩個窟窿。「你的眼睛到底怎麼了？」她當然知道有的人生下來就是盲人，但伯特是**根本沒有眼珠**。

「很多年以前，我在一間動物實驗室工作。」伯特娓娓道來。

「一間什麼？」柔伊插嘴道。

「一間爲了醫學研究，在動物身上做實驗的實驗室。不過我常加班做自己的小實驗！」

「像是什麼？」柔伊問他，她已有預感答案會很恐怖。

「把長腳蚊的翅膀拔掉啦、把貓的尾巴釘在地板上啦、用夾子夾住兔寶寶的耳朵，晾在曬衣架上啦，總之找點樂子囉。」

「樂子？」

「對，樂子。」

「你有病。」

「這我知道。」伯特自豪地答話。

「但這還是不能解釋爲什麼你沒有眼珠啊。」

「小鬼，別那麼沉不住氣。有天晚上我在實驗室待到很晚。那天是我的生日，我計劃把一隻老鼠浸在鹽酸裡，當作是送給自己的禮物。」

「怎麼可以？」

「但我還來不及把那隻討厭的動物浸到鹽酸，那該死的傢伙就往我抓著鹽酸碗的手狠狠咬了一口，痛得我馬上抽手，鹽酸也全都濺到眼睛。我的雙眼就這麼溶蝕掉了。」

令人毛骨悚然的情節聽得柔伊說不出話來。

「打從那時候起，」伯特繼續往下說：「只要是被我抓到的老鼠，我都會把牠碎屍萬段。至於現在，我也要對妳施加酷刑，誰教妳跟小老鼠一樣要管我的閒事。」

柔伊思忖片刻。「這個嘛，」她挑釁地說：「在我看來，你這是罪有應得。」

「不不不，親愛的，」伯特說。「恰巧相反，我要把妳吃了，等到那時候才叫作伸張正義！」

25 車下亡魂

一手仍抓著掛鎖的柔伊，終於設法轉動鑰匙了。她猛一回頭，從實驗室老鼠的故事得到啟示，用最大的力氣朝伯特的手臂狠咬一口。

「阿阿阿阿阿娘娘娘娘喂喂喂喂喂～～～～～！」惡徒哀嚎道，他那隻大手也從她小小的肩上反射性地彈開，還扯掉她一大簇薑黃色的頭髮。柔伊把倉庫巨大的金屬門猛一打開，跑向外面的工業區。

這裡人煙罕至，昏暗的街燈照亮了空蕩蕩且龜裂的混凝土街道。野草從裂縫中蔓生。

不知道該何去何從的柔伊只能一直跑。跑呀跑，一直跑。跑的速度快到她覺得快要被自己的腿給絆倒。她腦袋裡只有一個念頭，那就是把她跟伯特之間的距離拉得愈遠愈好。工業區大得不得了，她還沒跑出去呢。

頭也不敢回的她，聽見廂型車的引擎發動聲，伯特要開車了。如今柔伊被一個開廂型車的盲人追殺。最後她拐了個彎，只見廂型車完全沒對準敞開的大門，而是迎頭撞上倉庫的牆壁——

砰砰砰砰砰砰砰砰砰砰砰砰砰
砰砰砰砰砰砰砰砰砰砰砰砰砰砰砰砰砰砰砰砰砰砰
砰砰砰砰砰砰砰砰砰砰砰砰砰
磅磅磅磅磅磅磅磅磅磅磅磅磅
磅磅磅磅磅磅磅磅磅磅磅磅磅磅！！！！！

撞擊力並沒有讓車子就此停住。廂型車反而愈開愈快，衝著她而來。

柔伊瞇起眼，勉強能隔著擋風玻璃看見伯特曾經有眼睛的那兩個窟窿。在窟窿底下，他的鼻子異常興奮地抽動，他的嗅覺雷達顯然已轉到**薑黃色頭髮小女孩**的設定模式。

廂型車朝她直駛而來，速度愈開愈快。柔伊勢必得採取什麼行動，否則就要被撞成車下亡魂了。

而且動作要快。

她向左跑，廂型車也晃了一下駛向走；她往右跑，廂型車也跟著衝向右。只見方向盤後方，伯特咧嘴奸笑。開著快車的他，離他的第一個薑黃色頭髮女童肉漢堡不遠了。

沒過多久，廂型車晃了一下打高速檔，開始朝柔伊那頭加速；至於柔伊，則竭盡那雙小腿的能耐，拚了命地狂奔。她瞧見前方有幾個垃圾筒，旁邊則堆了一袋袋被人遺忘的垃圾。她的思緒奔馳，跑得比她的腿快。這時柔伊急中生智——

柔伊三步併做兩步，跑向垃圾筒，拾起一袋特別重的垃圾。廂型車一駛向她，她便把垃圾扔向引擎蓋。車子和垃圾相撞時，她立刻發出一聲令人膽寒的尖叫，彷彿自己被車撞似的。

「啊啊啊啊啊啊啊啊啊啊啊啊啊啊啊啊啊啊！！！！」

伯特隨後倒車，肯定是想朝她身上再輾一次，確定把她撞死爲止。引擎發出尖嘯的同時，柔伊也驚聲尖叫。廂型車倒車輾過垃圾袋。然後伯特跳下車，不斷抽動鼻頭，試圖鎖定小女孩屍體的位置。在此同時，我們正在討論的這個小女孩正躡手躡腳地離開，從鐵絲網底下爬進一片荒地，頭也不回地一直跑。

直到跑不動了，柔伊就改成慢跑，等到慢跑也沒力了，她就用走的。她一邊走，一邊絞盡腦汁地想下一步該怎麼走。柔伊親眼目睹一個盲人開廂型車賣老鼠肉做的漢堡。誰會相信她？誰又會幫她？她非得找幫手不可。光憑一己之力，她是絕對無法撂倒伯特的。

找老師？不行。畢竟她被勒令停學，學校不准她重返校園。要是她敢回去，校長會立刻開除她的學籍。

找拉吉？還是算了。他怕老鼠怕得要命，看到一隻老鼠寶寶就嚇得往街上逃竄。無論她怎麼威脅利誘，他都不可能踏進關了千萬隻老鼠的倉庫一步。

找警察？萬萬不可。他們絕對不會相信柔伊令人難以置信的故事。她只會被認為是又一個住在三級貧戶社區、被勒令停學、如今得撒謊才能開脫的女孩。再加上柔伊年紀這麼輕，警方會直接把她押回家，交給她邪惡的繼母處置。

如今天底下只有一個人幫得了她了。

爸爸。

他上次當個稱職的爸爸彷彿已是上個世紀的事。那時候的他會做口味特別的冰淇淋給她嚐，或陪她在公園裡玩。但吸辣說錯了，爸爸很愛她，這份愛也從未消失。只是他傷透了心，再也無法展現出父愛。

柔伊知道該去哪裡找他。

酒館。

可是有個棘手的難題……小孩子不能上酒館。

26 劊子手和斧頭

柔伊的爸爸每天都光顧同一家酒館，那是社區邊上的一家平頂酒吧，門上掛著聖喬治十字，還有一隻長相凶狠的羅威納犬綁在門外。這裡不是小女孩該出沒的地方。的確，法律明文規定年滿十六歲才能進酒吧。

柔伊今年十二歲。更糟的是，她比同年紀的個頭還小，模樣也更稚嫩。酒吧名叫劊子手和斧頭，這家店實際上比店名更不好客。

柔伊小心翼翼地繞過門外的羅威納犬，從酒吧的破窗往裡望去。她看見一個貌似她爸爸的男子獨自一人頹倒在桌上，手裡還握著半滿的品脫酒杯。他一定是在酒吧裡睡著了。她敲了敲破窗，可是他一動也不動。柔伊這次敲得更大力了，但還是喚不醒爸爸。

如今，柔伊別無選擇，只能違法入內。她深吸一口氣，踮起腳尖、抬頭挺胸，想讓自己看起來高一點，但說什麼都不會有人覺得她到了可以進酒吧的年紀。

店門旋轉開啓，幾個肥滋滋、身穿英國足球隊上衣的禿頭男便轉過頭，俯視矮小的柔伊。酒吧不是女人來的地方，更別提小女孩了。

「給我出去！」臉紅通通的老闆吼道。他也是個禿頭，不過頭頂周圍有幾綹髮絲，還綁了條馬尾。他頭上有個「西漢姆」聯隊的刺青，但事實上刺的是「姆漢西」。他一定是站在鏡子前自己刺的，因爲字全倒過來了。

「不行，」柔伊說。「我要找我爸。」

「我懶得管妳，」老闆咆哮。「出去！給我出去！」

「如果你趕我走，我就要報警說你讓未成年人在店裡喝酒！」

「妳在胡說八道什麼？哪個未成年人？」

柔伊附近坐了一個牙齒掉光的老男人，她啜飲了一口他的啤酒。「我呀！」她得意洋洋地說，可是噁心的酒精接著滲透她的舌頭，害她頓時覺得好想吐。

滿臉通紅的馬尾男顯然被她的邏輯搞糊塗了，一時半刻說不出話來。柔伊趁機走近爸爸的桌前。

「爸！」她叫道。「爸——！」

「啥？怎麼啦？」赫然驚醒的他問道。

柔伊對他綻露笑顏。

「柔伊？妳跑來這裡幹麼？別告訴我是妳媽派妳來的？」

「一，她不是我媽；二，不是她派我來的。」

「那妳來這裡幹麼？」

「請你幫我一個忙。」

「幫什麼忙？」

柔伊深吸一口氣。「有個男的在小鎮邊緣的倉庫，要是現在不阻止他，他就要把我的寵物老鼠做成漢堡了。」

爸爸看樣子完全不信她這套說詞，扮了張鬼臉，像在暗示女兒在瘋言瘋語。「寵物老鼠？漢堡？柔伊，別鬧了。」爸爸翻了個白眼。「妳在跟我開什麼玩笑啊？」

柔伊直視父親的雙眸。「爸，我有騙過你嗎？」她說。

「這個嘛，我，呃……」

「爸，這件事非同小可。你想一想，我有騙過你嗎？」

爸爸思忖片刻。「嗯，妳說過我會另外找到工作的……」

「你會的，爸，相信我。只是需要堅持下去。」

「我已經放棄了。」爸爸哀傷地說。

柔伊望著命運多舛、失意潦倒的父親。「你可以不用放棄。我一直想成立自己的動物表演團，你覺得我該放棄這個夢想嗎？」

爸爸眉頭一皺。「當然不該放棄。」

「好，那我們做個約定，誰也不准忘記自己的夢想。」柔伊說。爸爸沒把握地點點頭。然後她趁勝追擊，「所以我才得把我的老鼠給救回來啊！我

一直在訓練牠，牠已經會耍好多把戲了，日後肯定會大放異彩。」

「可是……倉庫？漢堡？聽起來未免太牽強了吧。」

柔伊目不轉睛地凝視父親哀傷的一雙大眼睛。「爸，我沒有在騙你，我發誓。」

「那，好吧，可是——」他開始語無倫次了。

「爸，沒有可是了。我需要你幫忙，現在就要。那個男人還揚言要割我的肉做漢堡。」

她父親的面孔閃過一絲驚恐的表情。「什麼？妳的肉？」

「對。」

「還不只是老鼠肉？」

「對。」

「割我女兒的肉？做漢堡？」

柔伊緩緩地點了個頭。

爸爸從椅子上起身。「那個大壞蛋，他一定要爲此付出代價。好……我再喝一杯就出發。」

「不行啦，爸，我們現在就得動身。」

就在這個時候，爸爸的手機響了。來電者的姓名點亮螢幕。上面顯示：**恐龍**。

「誰是恐龍？」

「妳媽……我是說吸辣。」

原來爸爸在手機上把吸辣的名字設爲「恐龍」，柔伊長久以來第一次笑得這麼燦爛。

但接著柔伊腦中閃過一個恐怖的想法。說不定伯特人正跟她在一起！

「不要接！」她懇求道。

「怎麼可以『不要接』？不接的話，我麻煩可大了！」他按下手機的接聽鍵。

「喂，寶貝，」爸爸深情的口吻令人無法信服。「妳的繼女？」

小女孩對著爸爸猛搖頭。

「不不不，我沒見到她……」爸爸撒謊。柔伊可舒了一口氣。

「怎麼了？」他問道。

爸爸聽了一會兒電話，然後用手摀住聽筒，這樣接下來要講的話才不會被對方聽見。「有個除蟲公司的男人到我們家要找妳，說要把妳的寵物老鼠毫髮無傷地還給妳。爲了安全起見，他想親自還給妳本人。」

「那是陷阱，」柔伊低聲說。「就是他想要殺我。」

「寶貝，我看到她的話，會馬上打給妳。拜拜！」

爸爸掛斷電話的同時，柔伊可以聽見繼母在電話的彼端尖叫。

「爸，我們現在就得去他的倉庫。如果用跑的，說不定還能早他一步，把阿米蒂奇救回來。」

「阿米蒂奇？」

「我養的寵物老鼠。」

「哦，好，」爸爸思忖片刻。「怎麼給牠取這個名字？」

「說來話長。好了，爸，我們走吧。沒時間浪費了……」

27 籬笆上的一個洞

柔伊領著父親走出酒吧，繞過那隻羅威納犬，來到街上。有那麼一會兒，爸爸搖搖晃晃地杵在橙黃色的街燈下。他直視女兒的雙眸，兩人沉默不語好一陣子。後來爸爸才開口說：「親愛的，我很害怕。」

「我也是。」柔伊伸出手，溫柔地牽起父親。父女倆已經好幾個月、甚至好幾年沒手牽手了。爸爸以前的擁抱最溫暖了，可是自從媽媽過世，他的靈魂就縮到內心深處，再也不肯出來。

「但只要我們同心協力，就一定辦得到，」柔伊說。「我有信心。」

爸爸俯視女兒的手，在他手中那麼小一個，一滴淚在他的眼中成形。柔伊對爸爸微笑，替他打氣。

「我們快走吧……」她說。

他們隨即在街上跑了起來，隨著他們愈跑愈快，街燈的陰影在他們腳下飛逝。

「所以，這個瘋子用漢堡做老鼠？」爸爸氣喘吁吁地說。

「爸，不是啦，是用老鼠做漢堡。」

「哦，也對吼，我在想什麼？不好意思。」

「他在鎮上郊區的工業區有間偌大的倉庫。」柔伊上氣不接下氣地說，同時拽著父親的手走。

「我以前上班的冰淇淋工廠就在那裡欸！」爸爸驚呼。

「離這裡有好幾英哩遠。」

「沒那麼遠。以前我上班遲到都會抄捷徑，只要從這邊走小路就行。跟我來。」

爸爸牽起女兒的手，帶她穿過籬笆上的一個洞。柔伊覺得驚險刺激，臉上情不自禁泛起笑容。

後來刺激感稍退了一點，因爲她察覺他們正走進一個垃圾場。沒過多久，爸爸就在高度及膝——對柔伊而言則是高度及腰——的垃圾之中艱難地穿行。柔伊絆了一跤，於是爸爸高舉女兒，讓她坐在肩上。她小時候，父女倆就是這樣在公園散步。他雙手緊抓住她的兩隻腳。

兩人一同穿過這片茫茫垃圾大海。不久後，倉庫便映入眼簾。一棟棟人去樓空的建築物彷彿組成了一座遼闊的墳場，沉浸在刺眼的落日餘暉。

「我以前就是在那裡上班的。」爸爸邊說邊指向其中一間工廠。旁邊破舊不堪的招牌寫著超美味冰淇淋么司。

「么司？」柔伊問道。

「有人把『公』司的那一撇拿掉了！」爸爸答覆，父女倆都咯咯竊笑。

「天哪，我好多年沒來這兒了。」爸爸說。

柔伊的手指向牆壁多了個廂型車形狀大洞的倉庫。「那間就是伯特的倉庫！」

「好。」

「走吧。我們得去救阿米蒂奇了。」

這對父女繞過外圍，走向牆壁那個大洞。他們往裡一踏，凝視這黑洞洞的倉庫。偌大的建築物除了成千上萬隻老鼠，似乎什麼也沒有。可憐的小動物仍舊在籠子裡層層堆疊，等待被做成快餐的駭人命運。

放眼望去，不見伯特的身影。他一定還跟柔伊的壞繼母待在公寓，等著柔伊回家把她逮個正著。拿她的肉做成漢堡，而且是巨無霸漢堡，這個念頭想必讓他們垂涎三尺。

柔伊和爸爸惶恐不安地步進倉庫，柔伊帶父親去看那個令人怵目驚心的碎屍萬段機。

「他爬上梯子，把老鼠倒進這個大漏斗，然後可憐的小動物就會被壓扁，然後再捏成肉餅。」

「我的天啊！」爸爸驚呼。「所以這都是真的。」

「我不是跟你說了嗎？」柔伊回答。

「這裡哪隻可憐的小傢伙是阿米蒂奇？」爸爸注視成千上萬隻關在籠子

擠成一團、高疊成一座小山的受驚齧齒動物問。

「我不知道。」她邊說邊搜索每一張受驚的面孔，牠們從層層相疊的籠子往外望。看到牠們在這座高聳的老鼠塔中擠成一團，不禁使她聯想起她、爸爸和吸辣佳的那棟高樓。

儘管如此，柔伊心想：**還是這些老鼠的境遇比較慘，要被絞碎做成漢堡肉。**

「到底在哪裡呢？」她說。「牠有一個超可愛的粉紅色小鼻子。」

「寶貝，抱歉，我覺得牠們看起來都一個樣。」爸爸急著尋找一隻鼻頭特別粉嫩的老鼠，可是遍尋不著。

「**阿米蒂奇？阿米蒂奇？**」柔伊吶喊。

老鼠全都吱吱叫，牠們每隻都想逃離這個鬼地方。

「看來只好把牠們全都放出來了。」柔伊說。

「好主意，」爸爸附和。「好，妳爬到我肩膀上，把最上面那層的籠子打開。」

爸爸將嬌小的女兒高舉起來、擱在肩上。然後她抓穩他的頭，慢慢站起身來。

柔伊開始解開鎖住籠子的金屬線。雖說是籠子，但事實上它們是老舊的深油炸鍋。

「進展得怎麼樣？」爸爸問道。

「爸，還在努力中，快把第一個籠子打開了。」

「好樣的！」爸爸

對上方的女兒高聲鼓勵。

只不過，柔伊還沒來得及打開第一個籠子，伯特車況看起來極爲糟糕的廂型車，便轟隆隆地駛進倉庫，途中把一大扇金屬拉門給撞到半空中——

哐哐哐哐哐哐哐哐

啷啷啷啷啷啷啷啷啷啷啷啷

嘎嘎嘎嘎嘎嘎嘎嘎!!!!!

然後伴隨著刺耳的尖嘯聲煞車……

嘰嘰嘰嘰嘰嘰嘰嘰嘰嘰嘰嘰嘰嘰嘰

嘰嘰嘰嘰嘰嘰嘰嘰嘰嘰嘰嘰嘰嘰嘰嘰嘰

嘰嘰嘰嘰嘰嘰嘰嘰嘰嘰嘰嘰嘰嘰嘰嘰嘰

嘰嘰嘰嘰嘰嘰嘎嘎嘎嘎嘎嘎嘎嘎

嘎嘎嘎嘎嘎嘎嘎嘎嘎嘎嘎嘎嘎嘎嘎嘎嘎

嘎嘎嘎嘎嘎嘎嘎嘎嘎嘎嘎嘎嘎嘎嘎嘎嘎

嘎嘎嘎嘎嘎嘎嘎嘎嘎！！！！！！！！！

！！！！！！！！！！！！！！！！！

這下子爸爸和柔伊麻煩可大了……

28 老鼠藥

「這下逮到妳了吧！」伯特嘴巴漏風地說，同時從駕駛座跳下來。「小妹妹，妳搬來哪位救兵啊？」

爸爸緊張地抬頭望向女兒。「沒有人！」他回答。

「是我那個沒用的窩囊廢老公！」吸辣一邊宣布，一邊從廂型車的另一側重重落下。

「吸辣？」爸爸驚駭地說。「妳跑來這兒幹麼？」

「爸，這件事我一直瞞著你，」柔伊從父親的肩膀上下來。「可是我聽見他跟吸辣在那邊卿卿我我……」

「不會的！」爸爸說。

吸辣自鳴得意地看著這對父女。「這個奸詐的小傢伙說對了。我要搭伯特的車跟他屍（私）奔。」

女人趾高氣揚地走向捕鼠男，並牽起他的手。「我們深愛著彼此。」

「也深愛把老鼠碎屍萬段。」伯特補充道。

「沒錯，我們喜歡把齧齒動物殺來玩玩！」

語畢，這對愛侶就來了個令人反胃的纏綿熱吻。情意綿綿的程度教柔伊看了想吐。

「伯特啊，不過人家比較喜歡你留八字鬍欸，」超臃腫的女人說。「你再留起來好不好？」

「你們這對噁心的狗男女！」爸爸吼道。「怎麼忍心對那些可憐的動物下手？」

「笨蛋，你給我閉嘴啦！」吸辣咆哮。「那些老鼠本來就該死，噁心的小傢伙！」然後她頓了一下，注視她的繼女。「所以我才把妳的倉鼠給宰了。」

「是妳害死薑汁餅乾的？」柔伊尖聲叫道，淚水在眼眶中打轉。「我就知道！」

「妳這個壞心腸的母豬！」爸爸吼道。

吸辣和伯特令人膽寒地齊聲笑了，殘暴是他們結合的理由。

「對，我不想在家裡看到那隻髒兮兮的小東西，所以把一點老鼠藥摻進他的食物。哈哈！」可惡的女人補充道。

「妳怎麼狠得下心？」爸爸吼著問她。

「哦，閉嘴啦。幾（只）不過是一隻倉鼠嘛。我一直都看牠很不順眼！」吸辣答話。

「老鼠藥。嗯。拖久一點，慢慢死掉！」伯特漏風地笑著補充。「不過事後吃起來味道比較怪就是了。」

柔伊衝向那對男女，一心想把他倆五馬分屍。可是爸爸把她往回拉。

「柔伊，別做傻事啊。妳不曉得他們會使出什麼技倆。」爸爸得使出渾身的力量才攔得住女兒，不讓她衝去痛扁對方。「聽著，我們不想惹麻

煩，」他懇求道。「只要把柔伊的寵物鼠還來就好。現在還來，我們拿了就走。」

「休想！」伯特嘴巴漏風地說。「老鼠寶寶的肉最鮮嫩多汁了。吸辣，我打算把牠留到我們約會的時候再一起享用，嗯嗯嗯……」

伯特慢慢把手伸進他污穢的圍裙口袋。

「其實呢，」伯特說：「妳的寶貝阿米蒂奇就在這兒……」

然後他拎著這隻小老鼠的尾巴，把牠拉出口袋。原來柔伊的寵物自始至終一直在他的口袋，從來沒被關在籠裡！伯特把阿米蒂奇的小手跟小腳用金屬線綁緊，不讓牠逃跑。牠看起來就像個表演逃脫術的雜技演員。

「不——！」看到牠受這種虐待，柔伊心疼地吶喊。

「一定可以把牠做成超美味的小漢堡！」伯特舔著嘴脣，垂涎三尺地說。

吸辣端詳懸在半空中的可憐小傢伙，然後面向伯特。「我唯一的真愛，還是留給你吃好了，」她說。「你不介意的話，我還是吃我的雞尾酒鮮蝦洋芋片就好。」

「我天上掉下來的禮物，妳喜歡什麼都好。」

盲人踉踉蹌蹌地走向碎屍萬段機，並且扳動操縱桿。令人膽顫心驚的研磨聲開始在倉庫迴響。伯特緩緩爬上摺梯，步上漏斗的頂端。

「放開那隻老鼠！」爸爸斷吼道。

「別人都把你說的話當作屁！哩（你）只是個笑話！」吸辣恥笑他。

柔伊掙脫爸爸的束縛，奔向伯特。她說什麼都得救阿米蒂奇！問題是，這個時候壞蛋已經爬到一半，而可憐小阿米蒂奇正拚了命地蠕動牠小小的身體，驚恐地吱吱叫。柔伊一把抓住伯特的腿，可是他用力一甩，把她甩開。接著伯特用靴跟朝她鼻子一踹，小女孩重重跌在底下的混凝土地板。

「啊啊啊啊啊啊啊啊啊

啊啊啊啊啊啊啊啊啊！！！！！！」

柔伊放聲驚叫。

爸爸向梯子那頭衝去，追趕那個滅鼠男。一轉眼間，他倆便搖搖欲墜地站在梯頂；梯子承受不了兩個大男人的重量，開始左搖右晃。爸爸緊抓伯特的手腕，然後往下壓，要逼他鬆手，放了小老鼠。

「順便把我老公扔進漢堡機好了！」吸辣譏笑道。

爸爸的手肘輕擦過伯特的臉，把捕鼠男的眼鏡從他頭上打掉。親眼見到原本應該是男人雙眸的兩個窟窿，爸爸嚇得往後退，失去了立足點。他有一隻腳滑離摺梯的梯頂，溜向漏斗。

他整個人漸漸滑進碎屍萬段機。爲求活命，爸爸不顧一切地緊抓伯特的圍裙。問題是圍裙太油了，一下就滑掉了。

「拜託，算我求你，」爸爸說。「拉我一把。」

「想得美。我要拿你的肉去餵那些小鬼頭。」伯特粗聲粗氣地說，笑聲在他的喉嚨咯咯迴盪，他將爸爸的手指從圍裙上一根一根地掰開。「下一個換你女兒！」

「好耶！把她也扔進去！」吸辣敲邊鼓道。

上氣不接下氣的柔伊，搖搖晃晃地起身，手腳並用匍匐前進，爬到摺梯那頭要救爸爸。吸辣則拚老命想阻止她，粗暴地扯小女孩的頭髮，把她往後拉。接著，她拽繼女的頭髮，硬是把她轉過來，扔到半空中。

飛呀飛呀飛——

然後用力

墜地。

第二次重重落地的柔伊痛苦尖叫。

「啊啊啊啊啊啊啊啊啊啊啊啊啊啊啊啊啊啊啊啊啊啊啊啊啊啊！！！！！！！」

儘管有一頭厚重的毛躁捲髮當緩衝墊，衝擊力還是讓柔伊頭昏眼花好一會兒。

「伯特？你站穩啦，我去幫你收西（拾）他！」吸辣對著依然在漢堡機頂部打得難分難解的兩個男人吶喊。這位超大號的女士步履蹣跚地往上爬，梯子在她的千斤重擔下嘎吱作響。

還在暈頭轉向的柔伊睜開眼，只見繼母在梯頂搖擺。這個女人試圖把爸爸的手指從伯特油膩的圍裙上扳開。她狂笑不已，把丈夫的指頭一根一根往回扳，使他愈來愈向「變成漢堡」的目標邁進。

可是，吸辣的體重過重，她朝一側彎腰，去扳可憐男最後一根小指頭時，重量使整座梯子傾倒。

嘎嘎嘎

砰砰砰砰

咚咚！！！！！！

伯特和吸辣往前摔，一頭栽進碎屍萬段機——

爸爸剛設法用一隻手抓住漏斗的邊邊……

阿米蒂奇就隨著殘忍的

嘰嘰嘰嘰嘰嘰嘰

砰砰砰砰砰砰砰

咚咚咚咚咚咚

捕鼠男掉進機器。這隻老鼠寶寶肯定要被碎屍萬段了……

29 毛茸茸的粉紅色拖鞋

說時遲那時快，伯特在空中墜跌的同時，阿米蒂奇咬了心狠手辣的傢伙一口。伯特驚聲尖叫，將老鼠從手上甩開，拋到半空。

飛呀飛呀飛——

然後落入爸爸往外伸的手掌。

「接到了！」爸爸大喊。如今他一手搆著漏斗的邊懸在半空，另一手將阿米蒂奇緊抓不放。阿米蒂奇瘋了似地吱吱叫。

這時傳來了汩汩流淌聲，原來是陰森二人組通過機器。

他倆經過滾軸時，機器發出前所未有的哐啷響和巨大的呻吟聲。最後變出兩個巨無霸漢堡。

其中一個上頭探出伯特的太陽眼鏡。另一個可以明顯看見吸辣毛茸茸的粉紅色拖鞋。這兩個漢堡的外觀無疑令人倒盡胃口。

「救命啊～！」

爸爸吶喊。他撐不久了，只怕馬上也要變成人肉漢堡。

柔伊的注意力旋即轉回漏斗。

她的父親仍舊吊在碎屍萬段機邊上，只靠

一隻油膩的手搆著，另一隻手緊抓阿米蒂奇。

爸爸的雙腳還是懸在研磨機的上方，機器磨擦他的鞋尖，發出紙被攪進風扇的噪音。

柔伊看得出來他正在往下滑。沾到伯特油圍裙的手，意味著他慢慢就要抓不住了。

他可能隨時就要嚥下最後一口氣。

然後機器會變出另一個特大號漢堡。

雖然她的腦袋還沒從撞地事件恢復，柔伊還是爬過倉庫溼冷的混凝土地板，前往另一頭的機器。

「把它關掉！」爸爸吼道。

柔伊衝向旁邊的操縱桿。但無論她怎麼試，操縱桿還是賴在原處不動。

「卡住了！」她抬頭吶喊。

「那去拿梯子！」爸爸叫道。

柔伊定睛一看，摺梯倒在剛才落下的地面。

「動作快！」爸爸斷吼著說。

「吱吱吱！」阿米蒂奇也高聲尖叫，牠的小尾巴緊緊纏住爸爸空下來的那隻手。

「好好好，我來了！」柔伊說。

小女孩使出全身的力氣把梯子扳正，然後奔上階梯。等爬上梯頂，她低頭看那台龐然大物的機器，感覺就像俯視一個怪獸的嘴巴。金屬研磨器宛如血盆大口裡的巨大尖牙，可以把你喀嚓喀嚓咬成碎肉。

「喏！」爸爸說。「抓好阿米蒂奇。」

柔伊手往下頭構，要接過父親手中的小老鼠。爸爸手往上伸，把阿米蒂奇遞給女兒，小傢伙的腿和腳仍舊被金屬線纏繞。她緊摟著牠、貼緊胸口，再親親牠的鼻頭。「阿米蒂奇？阿米蒂奇？你沒事吧？」

爸爸仰望這齣感人的團圓戲碼，不禁翻了一個白眼。

「牠沒事好嗎？妳應該擔心我吧！」他吶喊道。

「噢對，爸，對不起！」柔伊說。她把阿米蒂奇放進胸口的內側口袋，然後在梯子上往下蹲，幫忙把爸爸拉出來。問題是爸爸太重了，柔伊在梯頂搖搖晃晃，差點就要一頭栽進機器。

「柔伊，小心！」爸爸說。「我不想拖累妳！」

柔伊在梯子上往後退了兩步，一條腿勾住其中一階，扣牢立足點。接著，她伸出雙臂，爸爸一把抓住，最後終於平安脫離虎口。

下梯子之後，爸爸使勁拽了一下控制桿，把機器關掉，然後筋疲力盡地躺在地上。

「爸，你還好嗎？」柔伊站在他面前問道。

「只有一點割傷和瘀青，」他說：「不過死不了。來，給老爸爸抱一下。爸爸真的很愛妳，知道嗎……」

「我一直都知道，我也愛你……」

柔伊往父親身旁一躺，他用長長的手臂將她環抱。在此同時，她從口袋掏出阿米蒂奇，小心翼翼地幫牠的腿鬆綁。他們三個來了個甜蜜的全家福抱抱。

這時阿米蒂奇打了個岔。「吱吱！」他叫兩聲，接著跳了支小舞，吸引柔伊的目光。柔伊這才抬頭，赫然發覺那群老鼠還是被殘忍地塞在籠裡，堆成一座高塔。

「爸，阿米蒂奇可能想跟我們傳達訊息。」

「什麼訊息？」

「大概是想要我們放了牠的朋友。」

爸爸仰望滿牆高聳、堆至倉庫天花板的獸籠。每個籠子都塞滿了飢腸轆轆的可憐老鼠。「哦，對了。我都忘了！」

爸爸把梯子搬到獸籠前，然後站在梯頂。柔伊先將阿米蒂奇平安放回口袋，再爬到父親肩上，伸手抓最上面的籠子。

「站穩啦！」爸爸說。

「一定要緊緊抓住我的腳哦！」

「別擔心，我抓得很牢！」

柔伊最後終於設法打開第一個獸籠。老鼠們全速爬出籠子，緊接著把小女孩和她的爸爸當作梯子，一路爬到安全的地面。沒過多久，柔伊就把所有的獸籠都打開了，成千上萬隻老鼠興奮地在倉庫地板上跑來跑去，享受失而復得的自由。然後，柔伊和爸爸把那個裝蟑螂的罐子打破，這群生物差點要被磨成番茄醬。

「妳看，」爸爸說。「呃，還是別看好了，妳年紀太小，這個畫面兒童不宜。」

各位讀者，你們當然知道，如果叫小孩別看什麼東西，他一定會反其道而行。

果不其然，柔伊往爸爸叫她不要看的地方望去。那是剛做好的伯特漢堡和吸辣漢堡。老鼠們正忙著狼吞虎嚥、大塊朵頤，最後報仇雪恨！

「我的天啊！」柔伊說。

「至少牠們把證據都清乾淨了，」爸爸說。「好了，我們最好還是離開這裡……」

爸爸牽起女兒的手，帶她走出倉庫。柔伊回望那台破爛的廂型車。

「那漢堡餐車怎麼辦？伯特再也用不到了。」她說。

「是沒錯啦，但我們要拿它來做什麼？」爸爸一邊問，一邊疑惑地看著女兒。

「這個嘛，」柔伊說。「我有一個點子……」

30 室友

寒冬過去，迎來暖春，廂型車經過打點，改頭換面示人。光是要把堆積在車子每處表面、裡裡外外的油脂清掉，就要花上一星期的時間。就連方向盤也堆滿厚重的黏液。不過，這項工程並不是苦差事，因爲多半是由柔伊和爸爸同心協力完成，而且過程出奇地好玩。爸爸心情很好，所以酒吧一次也沒上過，柔伊連帶跟著開心。

但問題不會憑空消失，失業在家的爸爸只能領微薄的救濟金過活。錢少到幾乎無法維持他和女兒溫飽，更別提翻修廂型車了。

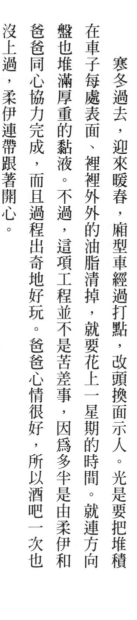

幸好爸爸心靈手巧。他在垃圾場找到許多七零八碎的零件，可以拿來改裝廂型車。他也挖到寶，找到一台被人棄置的小冰櫃，然後把它修好，用來冷藏冰棒。一個老舊的水槽尺寸不大不小，剛好可以放進後車廂，用來清洗舀冰淇淋的勺子。柔伊從廢料桶挖到一個舊漏斗，這對父女又是粉刷又是加混凝紙漿，把它做成一個冰淇淋甜筒的造型，固定在廂型車的正面。

最後大功告成。

他們專屬的冰淇淋車。

柔伊的勒令停學明天就要解禁了。只不過，還有最後一項決定。最後一件舉足輕重的事，他們還沒拿定主意。一件懸而未決但非同小可的事。

廂型車的車身要寫什麼字。

「你該以自己的名字替車子命名。」柔伊一邊說，一邊和爸爸退後欣賞他們的傑作。廂型車停在社區停車場，在午後暖陽的照耀下閃爍微光。爸爸手裡拿著刷子和一桶顏料。

「不了，我有一個更好的主意。」他面帶微笑地說。爸爸在車身前抬起手，開始粉刷英文字母。柔伊在一旁好奇觀望。

「阿」是第一個字。

「爸，你要寫什麼啊？」柔伊不耐煩地問道。

「噓，」她的爸爸說。「到時候妳就知道了。」

接下來是「米」，再來是「蒂」。

柔伊腦筋轉得很快，忍不住高聲驚呼。「是『阿米蒂奇』！」

「答對了，哈哈！」爸爸笑道。「**阿米蒂奇冰淇淋店**。」

「我喜歡！」柔伊邊說邊在人行道上興奮地跳上跳下。

爸爸加上字母「奇」，然後是「冰」，緊接著再寫「淇」、「淋」、「店」，不忘加上驚嘆號，因爲大家都知道驚嘆號有加重語氣的意思。

「你確定要用牠的名字命名？」柔伊問道。「畢竟牠只是隻小老鼠。」

「我知道，但如果沒有牠，這一切都不會發生。」

「爸，你說得對。牠是個非常特別的小傢伙。」

阿米蒂奇 冰淇淋店！

「對了，妳一直沒跟我說爲什麼把牠取名爲『阿米蒂奇』。」爸爸說。

柔伊倒抽一口氣。現在不是個好時機，不該跟爸爸說其實他剛才把馬桶的名字寫在光亮的冰淇淋車車身。

「呃……爸，這個說來話長啦。」

「我時間多得是。」

「是哦。不過還是改天好了，我保證。我現在最好去接牠過來。我想讓牠看看我們精心打造的廂型車……」

阿米蒂奇已經長大了，再也塞不下她的夾克口袋。所以柔伊把牠留在家裡。

柔伊與高采烈地奔上摩天大樓的階梯，然後衝進她的臥室。阿米蒂奇正在薑汁餅乾的舊籠子裡碎步奔跑。這是爸爸拿一大箱雞尾酒鮮蝦洋芋片去當舖贖回來的，那箱居然沒被他的前妻嗑掉，實在太神奇了。

想當然爾，這個房間也不再只是柔伊的臥室了。

是這樣的：自從牆塌了之後，臥室就變成以前的兩倍大，供她和一位室友同住。

那位室友正是：田娜．多刺。

委員會老早就說要把牆修好，可是牆到現在還是塌的。柔伊吃驚的是，她一進門，只見田娜正跪在籠子旁邊，把小麵包屑伸到欄杆裡面，溫柔地餵小老鼠吃。

「妳在幹麼？」柔伊問她。

「哦，我猜牠可能有點餓了……」田娜說。「妳不會介意吧？」

「我來就好，謝謝。」柔伊回話，並從田娜手中搶過食物。她對這個胖女孩做所的一切還是放不下心。畢竟，柔伊每天上學的途中，田娜都會往她頭上吐口水。這麼慘痛的遭遇，她可沒那麼容易釋懷。

「妳還是不相信我哦？」田娜問她。

柔伊思忖片刻。「總之希望委員會趕快把牆填好。」最後她幽幽吐了這句話。

「我不急就是了，」田娜說。「其實跟妳住一間蠻好的。」

柔伊沒吭聲。沉默飄浮在空氣中好一會兒，田娜開始坐立不安。

啊，柔伊心想。**不要再替田娜・多刺難過了啦！**

事實上，過去這幾個星期，柔伊已深入了解田娜過的生活。她那差勁的父親幾乎每晚都會吼她。田娜的父親是個虎背熊腰的男人，喜歡把女兒貶得一無是處，柔伊愈來愈相信，這就是爲什麼田娜會對別人施暴。不只對柔伊，而是對任何人。這宛如一個殘暴的研磨齒輪，要是沒人阻止，它會這樣一直轉下去。

儘管柔伊已經這麼了解田娜，卻還是對她沒什麼好感。

「柔伊，我有件事要對妳說，」田娜淚水盈眶，突如其來地蹦出這句話。「我從沒對任何人說過的話。從出生到現在，一遍都沒說過。要是妳敢說出去，我就要把妳宰了。」

天哪，柔伊揣想道。**她到底想說什麼？是不是什麼驚天動地的祕密？田娜是不是在她的套頭衫底下藏了第二顆腦袋？或者一如謠傳所言，她的真實**

身分是個名字鮑伯的男孩？

可是，讀者，不對，這些都不是正確解答。

她要說的比這些更驚人千百倍……

31 有錢又有名的老鼠

「對不起。」田娜緩緩吐出這三個字。

「對不起？妳從沒對任何人說過對不起？」

「呃……對。」

「哦，」柔伊哦了一聲。「哦，好。」

「嗯，對，那妳原諒我了嗎？」

柔伊凝視這個胖女孩，嘆了口氣。「對，田娜。我原諒妳了。」她說。

「從前對妳這麼壞，我真的很抱歉，」田娜說。「我只是……心裡積了很多怒氣，尤其當我爸……妳知道的。所以我才會想要欺負弱小。」

「像我這樣。」

「對，我眞的非常非常抱歉。」田娜現在聲淚俱下，搞得柔伊不太自在，巴不得田娜朝她吐口水還比較習慣。柔伊向女孩張開雙臂，將她緊緊摟在懷裡。

「我懂。我都明白，」小女孩輕聲安慰。「我們每個人的生活都有各自的難處。不過，妳聽我說——」柔伊用拇指輕輕拭去田娜的淚水。「我們要對人和善，相互扶持，懂了嗎？就算沒有妳把我整得慘兮兮，這裡的環境還是讓我大吃苦頭。」

「所以我不能往妳頭上吐口水囉？」田娜問道。

「不能。」

「就算星期二也不能開特例？」

「星期二也不能開特例。」

田娜臉上綻露笑容。「好吧。」

柔伊把麵包屑還給田娜。「沒關係，妳可以餵我的小寶寶。繼續餵吧。」

「謝謝，」田娜說。「妳有沒有教牠什麼新雜耍？」她滿心期盼、容光煥發地問道。

「把牠從籠子抱出來，我秀一兩招給妳看。」柔伊說。

田娜溫柔地打開籠子的小門，阿米蒂奇試探性地爬上她的手。這回牠沒再咬她了，而是用鬆軟的毛緊挨著她的手指。

柔伊的新朋友將阿米蒂奇輕柔地捧在手心，移到依舊布滿結殼灰塵的地毯上；在此同時，柔伊從架上一個袋子取出一顆花生米。她把花生米拿給牠看。

阿米蒂奇馬上用後腳直立，來了一個很有娛樂性質的倒退月球漫步，然後柔伊拿花生米打賞。只見牠用兩隻前爪捧著，小口小口貪心啃咬。

田娜猛鼓掌。「太強了！」她讚嘆道。

「這只是小菜一碟！」柔伊自豪地回答。「再看這招！」

受更多花生米鼓舞的阿米蒂奇，來了個前滾翻、後空翻，甚至使出霹靂舞，用背抵地打轉！

田娜不敢相信她的眼睛。

「妳該帶牠上那個電視達人秀。」田娜說。

「我求之不得！」柔伊說。「說不定牠能變成全世界第一隻有錢又有名的老鼠。而且妳可以當我的助手。」

「我嗎？」田娜不可置信地問。

「沒錯，就是妳。事實上，我一直夢想教牠一個新把戲，需要妳幫忙才能達成。」

「原來是這樣，我願意！」田娜激動地語無倫次。然後她彷彿剛想起什麼似地「哦！」了一聲。

「怎麼了？」柔伊問道。

「期末達人秀！」

自從爲期三週的勒令停學開始生效，柔伊還沒返校過，所以她壓根兒把達人秀的事忘得一乾二淨。

「對吼，矮冬瓜老師籌劃的那個。」

「嗯，是米姬老師啦。我們一定要幫阿米蒂奇報名。」

「她絕不會讓我帶阿米蒂奇回學校的。整件事就是因爲牠，我才會被趕出校門！」

「現在不一樣了，他們在集會上討論過了。因爲活動是在晚上，校長大開特例。可以帶寵物入場。」

「嗯，雖然牠不是貓狗，但怎麼說都是我的寵物。」柔伊推論。

「當然囉！跟妳說，米姬要上場演奏大號，我聽她排練過。超難聽的！每個小朋友都覺得她這麼做，只是想討校長的歡心。」

「她也太愛他了吧！」柔伊說。

兩個女孩哈哈大笑。光想到矮冬瓜老師演奏一個超大的樂器就已經夠爆笑的了，更何況她還想拿低音大號當作引誘人的工具！

「那我非看不可！」柔伊說。

「我也是。」田娜笑道。

「有樣東西在樓下，我要先給阿米蒂奇看，然後今天晚上我們可以一起動腦，想想該變什麼把戲！」

「我等不及了！」田娜興奮地回答。

32 奶油軟糖其實太多了

從樓梯往下跑要比往上跑輕鬆多了，廂型車車身的顏料還沒乾，柔伊就上氣不接下氣地向阿米蒂奇展示她和父親辛苦的成果。爸爸爬進廂型車，打開滑動式活板門。柔伊從沒看過父親這麼開心。

「好的，那麼，妳是我的第一位顧客。小姐，妳想吃什麼口味？」

「嗯……」柔伊環視口味選項。她好久沒嚐過這種冰凍甜點了。以前爸爸在工廠研發出酷炫新口味，就會衝回家要她品嚐；可是之後他被解僱，她好像就再也沒吃過冰淇淋了。

「小姐，要用甜筒還是杯子裝？」爸爸問道。這份新工作他很快就樂在其中。

「甜筒，謝謝。」柔伊回答。

「有沒有哪種口味妳特別喜歡呀？」爸爸面帶微笑地說。

柔伊身子靠著櫃台，研究長長一排令人垂涎的口味。畢竟在工廠待過這麼多年，眞材實料的爸爸的確很懂該怎麼製作美味的冰淇淋。口味眾多，包括：

三重巧克力聖代
草莓配榛果旋風
奶油軟糖配軟糖、軟糖多更多
太妃糖爆米花大爆炸
焦糖配咔嗞蜂窩
軟糖驚奇
什錦水果軟糖
黑巧克力厚片淋覆盆子醬

雙重奶油軟糖配椰漿
餅乾焦糖脆脆
奶油軟糖配軟糖、加軟糖、軟糖多更多
太妃糖加花生醬旋風
開心果配白巧克力
香蕉太妃派配超大塊奶油軟糖
牛奶糖加夾心軟糖大轟炸
超厲害棉花糖奶昔
四倍巧克力碎片配蜂蜜旋風
迷你巧克力球配莓果森林
蝸牛配花椰菜
奶油軟糖配軟糖、加軟糖、軟糖多一點、軟糖多更多
奶油軟糖，奶油軟糖其實太多了

這是全世界最壯觀的冰淇淋口味選項了。不過，當然要剔除蝸牛配花椰菜口味。

「嗯……爸，看起來都好好吃哦。太難選了啦……」

爸爸俯視成排的冰淇淋。「這樣只好每種口味都來一球囉！」

「好耶！」柔伊說。「可是能不能跳過蝸牛配花椰菜？」

她的爸爸鞠了個躬。「小姐，您說了算。」

女兒咯咯傻笑的同時，他往甜筒堆了一球又一球不同口味的冰淇淋，堆到跟她差不多一樣高。她一手抱著阿米蒂奇，一手握著高到難以想像的冰淇淋甜筒。

「我自己一個人吃不完啦！」柔伊笑著說。她抬頭看摩天大樓，發現田娜正從三十七層樓的窗戶俯視。

「田娜！妳下來！」柔伊扯開嗓門喊道。

不久後，許多小朋友都從公寓的窗戶探出頭來，好奇是什麼事那麼吵。

「大家都來吧！」柔伊對他們大聲嚷道。她認出其中幾個，但大多數的小朋友她都很陌生。雖然大家都蝸居在這棟外觀醜陋又傾斜的樓房，可是有的人她這輩子從沒見過。「大家都下來吧，幫我把冰淇淋吃完。」

一瞬間，幾百個小臉髒髒但表情熱切的孩子都衝到樓下的停車場，要輪流品嚐柔伊的恨天高冰淇淋。一會兒過後，柔伊便把這座冰淇淋高塔塞給田娜，讓她負責確認冰淇淋平均分給每位小朋友，尤其是個子矮小、嘴巴搆不著那麼高的。

笑聲揚起、夕陽西沉的同時，微笑著的柔伊便從不斷歡笑的孩子身旁走開，獨自坐在附近的一堵牆。她拂去牆上的垃圾，把阿米蒂奇捧到面前，然後朝牠的頭頂輕輕一吻。

「謝謝，」她低語道。「我愛你。」

阿米蒂奇歪著腦袋看她，臉上掛著最甜蜜的笑容。「吱～吱～吱吱吱～」他說。不用說也知道，這句話翻成人話是：

「謝謝。我也愛妳。」

後記

「矮冬瓜老師，我是說米姬老師，謝謝妳爲我們演奏這麼優美的大號。」鬼夫校長睜眼說瞎話。她的表演糟透了，跟河馬放屁沒兩樣。

米姬老師踉踉蹌蹌地走下校園達人秀的舞台，巨大且沉重的樂器把她整個人都遮住了。

「米姬老師，這邊請。」鬼夫校長語帶擔憂地呼喊。

「謝謝校長。」朦朧的嗓音如是說，隨後米姬老師便撞上側廳。大號撞牆的聲音都比她演奏動聽。

「我沒事！」壓在巨無霸大號底下的米姬老師喊道。

「呃……那就好。」鬼夫校長說。

「不過可能需要人工呼吸！」

本來就慘白如鬼的鬼夫校長，頓時臉色又白了一個色階。「下一位。」他說，無視壓在黃銅樂器下苦苦掙扎的老師，「讓我們歡迎今天的壓軸好戲，請柔伊登場！」

舞台側面傳來一聲咳嗽。

鬼夫校長低頭看一眼小抄。「哦，是柔伊和田娜！」

觀眾掌聲如雷，但沒有人的掌聲比爸爸更響亮。他自豪地坐在前排，坐他旁邊的拉吉同樣熱烈鼓掌。

穿著同款運動服的柔伊和田娜跑上台，鞠了個躬。接著，田娜躺在舞台上，柔伊則在她的兩側搭起麥片盒做的小斜坡。

「各位先生女士，大朋友小朋友，讓我們一起歡迎：**神奇的阿米蒂奇！**」薑黃髮色的小女孩鄭重介紹。

一聽到自己的名字，頭戴一頂小安全帽的阿米蒂奇，便騎著發條玩具摩托車，疾速駛過舞台。玩具車是爸爸在慈善二手店買來修好的。

觀眾一看見牠，全場爲之瘋狂。唯一例外的是拉吉，他驚恐地遮住雙眼，還是對齧齒動物敬謝不敏。

「你可以的，阿米蒂奇。」柔伊低聲打氣。排演的時候，他偶爾會錯過斜坡，直接騎過去，這樣節目就沒那麼精彩了。

阿米蒂奇飆得愈來愈起勁，呼嘯著騎到斜坡前。

加油、加油、加油、加油，柔伊暗自祈禱。

小老鼠不偏不倚地騎上斜坡。

帥啦！

阿米蒂奇起飛了——

阿米蒂奇飛到半空——

慘了！

柔伊驚覺不妙。他太快降落了，這樣會接不上對面的斜坡。

阿米蒂奇往下墜啊墜啊墜——

柔伊屏住呼吸——

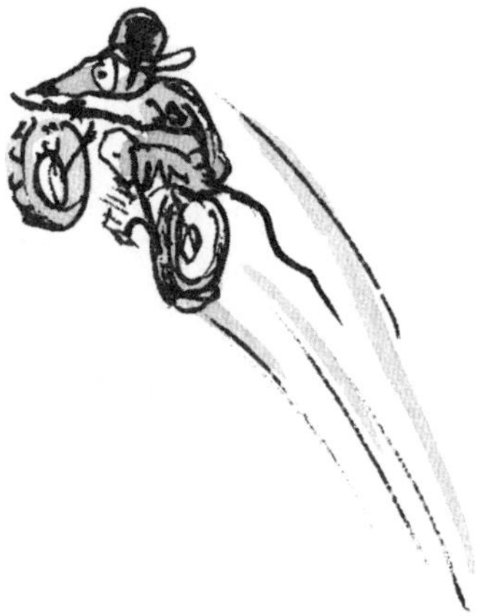

然後牠落在田娜肥嘟嘟的肚子上。

又彈回空中。

最後順利落在彼端的斜坡。

這一切令人欣喜若狂。說不定看起來有點像刻意安排的橋段。

「謝天謝地。」田娜說。

「吱吱。」阿米蒂奇叫道，完美流暢地停住摩托車。

觀眾立刻起立鼓掌、欲罷不能，就連拉吉也從他的指縫間往外偷看。

柔伊輪流注視阿米蒂奇、田娜，還有像瘋了似地猛拍手的爸爸。

她情不自禁地綻放笑容。